兴于诗

《诗经》选读

中华根文化·中学生读本

主编 黄荣华
编选 黄音

复旦大学出版社

人之需（代总序）

一直想给中学生朋友编一套中华传统文化方面的读本。

作为中学语文教师，我们有自己的理由——

中华古代文化浩如烟海，书市上古代文化方面的图书也不计其数，但专门面向现代中学生的普通读本却很难找到，更不要说那种切合中学生阅读心理，精心选材、精心作注、精心释义的系列丛书了。

而从一名中学语文教师的角度看，当今中国语文教育，最缺失的一块又恰恰是对中华传统文化的敬重、理解与传承。

众所周知，新中国成立60多年来的语文教育被当作两个大的工具在使用：一是作为政治工具，大致对应1949—1980年的30年间；二是作为应试工具，1980年以后的30余年皆如是。前者是自上而下的自觉行为，后者是"变态"行为——教育本来是指向学生的全面发展的，但因为"高考列车"越跑越快所产生的巨大无比的力量，语文也已完全沦落为应试的工具。

在这样的教育中，没有文化，或者说对文化的漠视，已成为语文教育的一个并不为多数人清醒地意识到的"传统"；丢弃传统文化，甚至鄙薄传统文化，也已成为语文教育的一个并不为多数人清醒地意识到的"传统"。

在这样的教育中，现代语文教育的本质意义——作为培育"民族文化之根"的意义，作为培育"效忠于"、"皈依于"中华民族的现代公民的意义，已基本丧失。

而中华民族现代前行的艰难身影又告诉我们：我们的教育，我们的语文教育，必须敬重、理解、传承中华传统文化。

中华传统文化作为中华文明的载体，其两大支柱是儒与道。而作为现世人生精神支柱的文化，又主要是儒家文化。儒家文化又以孔子为核心，孔子文化的核心是"仁"——"仁者""爱人"。何为"爱人"？孔子"一以贯之"的是"忠恕"二字——"己所不欲，勿施于人"，"己欲立而立人，己欲达而达人"。用现在的话说就是：自己不想要的不强加给别人，自己想要的也要让别人拥有。这样，人与人就会友爱，社会就会和谐，人类就会幸福。而支撑这一社会理想的核心思想是：人与人的平等性。

从近一个半世纪的中国近代历史进程看，由于受列强的侵略，我们民族怀疑甚至痛恨过我们的传统文化，认为那是我们落后挨打之源。所以，我们曾经把传统文化作为落水狗一般痛打。但从我们逐步摆脱"挨打"、"挨饿"之后"挨骂"的现实看，我们现在最缺失的就是传统文化中的"忠恕"二字。不"忠"就不"诚"，不"诚"就无"信"；不"恕"就不"容"，不"容"就无"爱"。当今社会的许多问题之源，正在于无"信"无"爱"。

人之需(代总序)

　　要化解民族前行过程中出现的种种问题与矛盾,当然要从政治、经济、科学、军事、艺术、伦理、道德等各个方面去思考,但在教育过程中,在生活的各个方面,敬重、理解、传承我们传统文化的精髓,应当成为我们思考的重要内容。当我们通过教育,通过生活方方面面形成的教化体系,能将我们传统文化的精髓与现代民族意识融为一体,内化为崭新的民族精神,并使其上升为民族得以昂然立身的中华现代文明,那我们民族就真正完成了由古代到现代的转型,我们的国家就成为一个崭新的现代民族国家,我们的人民就会成为"具有中国心的现代文明人"(当代著名教育家于漪老师语)。

　　有了这样的愿望,就总希望能为实现这样的愿望尽微薄之力。所以我们带着对中华传统文化的敬意,乐意尽自己最大的力量为中学生朋友推介中华传统文化。

　　同时,作为语文教师,我们还感到,要真正理解语言,掌握语言,就必须理解文化,特别要理解传统文化。

　　语言学研究表明:语言的理解与运用,归根结底是与某个社会群体的认知方式、道德规范、文化传承、价值标准、风俗习惯、审美情趣等特定的文化因素相关联的;语言运用的得体,既要遵循语法规则,更要遵循文化规则。由于汉语的组织特点是"文便是道","以意役法",即意义控制形式,"意在笔(言)先",所以文化规则在汉语的组织运用中更有着突出的意义。又由于汉语是由汉字联属而成,而汉字是世界上最古老的文字之一,更是世界几千年间唯一没有中断其历史的文字;每个走过几千年的汉字都有深厚的文化沉淀,可谓一个汉字就是一个广博精深的文化单元,就是一个意趣醇厚的审美单元(鲁迅先生曾在《汉文学史纲要·自文字至文章》中指出,汉字有"三美":"意美以感心","音美以感耳","形美以感目"),故此,要让孩子们准确地把握经典文本表达的意义,恰当地表述自己的观点,得体而有效地与人交际,就要引导他们了解、掌握语言背后蕴含的丰富的文化信息。

现在只有无知者才不会承认,中华文明体是一个坚实、深刻、厚重、博大的文化体系。这个文化体系已将自己的精神文化贯彻到了人们可见、可知甚至可感的世界的每一个角落,渗透在人们气血经脉、意识与潜意识之中,正所谓"致广大而尽精微"(《中庸》)。在这个"致广大而尽精微"的文化体系中,天、地、人的分工、边界及其协调与平衡,都有着清晰、真切、表情生动的表达;在这个体系中,中华民族已建立起了自己独一无二的生活方式——在天与地之间,堂堂正正地做人,做一个大写的人。由此,中华民族也就有着有别于一切民族的独特的文化——天地之间的人文化,而不是天界中的神文化,不是地界中的鬼文化。尽管我们的文化中不可避免地要涉及神鬼,但总体而言是"敬鬼神而远之"。由此,我们也就会真正明白,为什么诸子百家中的任何一家最终都将自己的精神内核指向了人,为什么我们几千年的文化主体选择了"儒"——人之需!如果不了解、不理解这样的文化,就不能真正读懂我们的文化原典,就不能真正听懂古今经典之作的汉语述说,就很难得体地用好已走过了几千年的民族语言。

基于上述两大理由,我们编著了这套《中华根文化·中学生读本》。

"根文化"就是"文化之根"。它表明这套读本关注的是中华

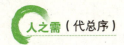

人之需（代总序）

文化最根本的部分。这又有两层意思：一是读本的内容选择上，关注代表根文化的内容；二是在注解、翻译、释义上，关注所选内容最本原的意义，基本不做现代阐释。

作为"中学生读本"，我们尽可能适合中学生的文化心理。每个选本均按主题组织若干单元，并写单元导语；用浅近的白话注解、翻译、释义，力求简洁明了。

《中华根文化·中学生读本》第一辑15种，主要选取先秦时期的文本，包括《兴于诗——〈诗经〉选读》《立于礼——"三礼"（〈周礼〉〈仪礼〉〈礼记〉）选读》《成于乐——〈乐记〉〈声无哀乐论〉选读》《仁者之言——〈论语〉选读》《义者之言——〈孟子〉选读》《君子之言——〈荀子〉选读》《智者之言——〈老子〉选读》《达者之言——〈庄子〉选读》《爱者之言——〈墨子〉选读》《法者之言——〈韩非子〉选读》《忠者之言——〈楚辞〉选读》《谋者之言——〈孙子〉选读》《"春秋"大义——〈春秋〉三传选读》《"诸侯"美政——〈国语〉选读》《"战国"争雄——〈战国策〉选读》。

由于我们的浅陋，尽管做出了很大努力，但牵强、错误之处一定不少，期待方家指正。

黄荣华

2012年2月10日

前　言

《诗经》是我国历史上第一部诗歌总集，思想内容丰富，艺术形式多姿多彩，对后代诗歌产生巨大影响，是我国诗歌的源头。

孔子说："兴于诗。"兴，起始的意思。诗的感动力特别强，又易入耳入心，可以把人导向好的方向，让人积极奋起。《诗经》就是这样的典型。

《诗经》在成为儒家经典以前，称为《诗》或《诗三百》，集上自西周初期(公元前11世纪)下至春秋中叶(公元前6世纪)方方面面的诗歌，大约在公元前6世纪成书。这些诗在春秋、战国时期已广为传诵。到了汉朝，独尊儒术，《诗》被尊为《诗经》。它在我国文学以至世界文化史上，都占有十分重要的地位。

古代的诗与歌关系密切。《诗经》里的作品都是合乐的唱词，按内容和乐调的不同，分为《风》《雅》《颂》三部分。宋人郑樵说："风土之音曰风，朝廷之音曰雅，宗庙之音曰颂。"

《诗经》中有十五《国风》。"国"是当时地域的通称，不是现在所说的国家。"风"是从各个地域采集来的歌谣。十五《国风》就是十五个不同地区的乐调。它的范围东起山东，西达陇东，北至河北，南临江汉广大地区。《国风》共一百六十篇，大部分是民歌，小部分是贵族的作品，是《诗经》中的精华部分。

"雅"是"正"的意思，是所谓"正声"，是周天子直辖统治地区的乐歌。《雅》又分为《大雅》与《小雅》，共一百零五篇。其中除《小雅》中有少数民歌外，其他大部分为贵族士大夫的作品。

《颂》分为《周颂》、《鲁颂》、《商颂》，共四十篇。主要是周天子、诸侯祭祀用的乐歌。

《诗经》的内容十分丰富，包括恋爱婚姻、农牧渔猎、娱乐民风、徭役战争、贵族享乐、朝会宴饮、政治讽喻、民族史诗等各个方面，应有尽有，堪称是反映我国两千多年前社会生活的一幅绚丽的图卷。人们热爱生活，热烈追求幸福，厌恶丑陋现象，反抗剥削压迫。这一切对今天来说仍然十分宝贵，具有很高的历史价值。

《诗经》写作手法通常来说有三种：赋、比、兴。鲁迅先生在他所著的《汉文学史纲要》中说："赋者直抒其情；比者借物言志；兴者托物兴辞也。""赋"，铺陈直叙，就是把思想感情及其有关的事物平铺直叙出来，使诗歌显得整齐匀称，有气势。"比"，比方，以彼物比此物。"兴"，先言他物，以引起所咏之词。比、兴是《诗经》首创的修辞形式。作为形象化的思维表现方法，比、兴经常结合在一起，有时难以区分。

举例来说，《卫风·氓》就是以女主人公自述的方式展开铺叙。先叙婚姻受骗，继叙悔恨交加，终写感伤决绝。在情节的叙写之中，把抒情感触深入到人物的内心世界，表现感情的起伏跌宕。《王风·采葛》中"一日不见,如三秋兮"就是以彼物比此物,表达思念的殷殷之情。《诗经》开卷第一首诗《关雎》,以雎鸠关关呼叫相互和鸣,引出男女相互爱慕,终于结成美满婚姻。将比、兴结合在一起,如《卫风·氓》"桑之未落,其叶沃若"、"桑之落矣,其黄而陨",既是对爱情盛衰的比方,又是见物起兴,以引发自己的感叹和哀伤。

风、雅、颂、赋、比、兴,合称为"六义",或称之为"六诗"。

《诗经》语言源于生活,又经润色加工,具有很强的表现力。不仅注意选词配色,而且在形容处多用双声、叠韵、叠字,增强形象感与音乐美。以"灼灼"状桃花之鲜,"依依"描杨柳之貌,"杲杲"绘日出之容,"濛濛"摹雨雪之状。许多语言是匠心独运,创造了为数众多的警语成语,如"小心翼翼"、"一日三秋"、"不可救药"、"如切如磋"等,至今仍活在人们的语言文字之中。

《诗经》的抒情篇章有三个本质特点:①本文短;②常比兴;③多叠咏。本书选的以短诗居多,名篇居多。为了帮助中学生读者阅读方便,对所选之诗加以较为详细的注释,译成白话文,并作简要的评析。

古诗翻译较古文翻译难度更大,除了达意之外,还要讲究格律、音韵、意境。本书"今译"只是力求"信达",不敢奢望译得"雅",只是让读者读懂原诗,进而欣赏原诗。好比乘筏渡河,到了彼岸,即使把它丢弃一旁也在所不惜。

《诗三百》在春秋时期具有实用性,因此本书的尾声中举了一则当时晋国与郑国进行外交活动的事例。在这次外交活动中,双方官员赋诗言志,沟通思想,表明态度。这样的外交活动是多么文质彬彬、生动有趣、富有诗意！以此故事结束本书，意在回应本书所用书名的本旨——兴于诗。

黄 音
2012年2月

contents

第一单元　在水一方 / 1
　　　　　关雎 / 3
　　　　　汉广 / 7
　　　　　摽有梅 / 9
　　　　　野有死麕 / 11
　　　　　静女 / 12
　　　　　桑中 / 16
　　　　　木瓜 / 18
　　　　　采葛 / 19
　　　　　蔓兮 / 21
　　　　　狡童 / 22
　　　　　褰裳 / 23
　　　　　东门之墠 / 25
　　　　　子衿 / 26
　　　　　溱洧 / 28
　　　　　蒹葭 / 30

第二单元　与子偕老 / 33
　　　　　樛木 / 35
　　　　　桃夭 / 36

　　　　　　　硕人 / 38
　　　　　　　女曰鸡鸣 / 43
　　　　　　　风雨 / 45
　　　　　　　出其东门 / 46
　　　　　　　鸡鸣 / 48
　　　　　　　著 / 50
　　　　　　　绸缪 / 52
　　　　　　　伐柯 / 55
　　　　　　　鸳鸯 / 57

第三单元　泣涕涟涟 / 61
　　　　　　　行露 / 63
　　　　　　　柏舟 / 65
　　　　　　　绿衣 / 67
　　　　　　　燕燕 / 69
　　　　　　　谷风 / 71
　　　　　　　柏舟 / 75
　　　　　　　氓 / 76
　　　　　　　竹竿 / 80
　　　　　　　中谷有蓷 / 81
　　　　　　　将仲子 / 83
　　　　　　　葛生 / 85

第四单元　千耦其耘 / 89
　　　　　　　芣苢 / 91

目 录

采蘩 / 93

卢令 / 94

十亩之间 / 96

七月 / 97

无羊 / 102

大田 / 107

载芟 / 109

良耜 / 112

第五单元　与子同仇 / 115

伯兮 / 117

无衣 / 119

东山 / 121

破斧 / 124

采薇 / 126

出车 / 129

采芑 / 132

第六单元　硕鼠硕鼠 / 137

羔羊 / 139

小星 / 141

式微 / 142

君子于役 / 144

伐檀 / 147

硕鼠 / 150

鸨羽 / 152
何草不黄 / 154
民劳 / 158

第七单元　知我者谓我心忧 / 163
黍离 / 165
甫田 / 167
园有桃 / 169
山有枢 / 171
鸱鸮 / 173
沔水 / 175
鹤鸣 / 177
北山 / 179
青蝇 / 181
苕之华 / 183

第八单元　民之初生 / 185
甘棠 / 187
载驰 / 189
黄鸟 / 191
菁菁者莪 / 194
绵 / 195
生民 / 200
玄鸟 / 206

尾声：赋诗言志 / 211

第一单元

在水一方

✒ "在水一方"出自《秦风·蒹葭》，意为心中思念的那人，在水一方。诗中的"所谓伊人"，是诗人理想中热烈追求的对象。身影似真似幻，若有若无，可思不可见，可慕不可求。该诗被赞为"《国风》第一篇飘渺文字"、"古代爱情的绝唱"。

　　本单元是爱情诗。有些着力绘单恋情结，如《关雎》写一青年男子陷入情网不能自拔，求之不得而辗转反侧；《采葛》中有一日不见，如隔三秋；《东门之墠》中有近在咫尺，却又似远在天涯。有些着力写相聚的欢乐，如《木瓜》中男女互投信物以定情；《溱洧》中三月盛会上青年男女游览戏谑、挑选情侣的生动场面。

第一单元　在水一方

关　雎

【原文】

关关雎鸠①，在河之洲②。窈窕淑女③，君子好逑④。
参差荇菜⑤，左右流⑥之。窈窕淑女，寤寐求之。
求之不得，寤寐思服⑦。悠⑧哉悠哉，辗转反侧⑨。
参差荇菜，左右采之。窈窕淑女，琴瑟友之⑩。
参差荇菜，左右芼⑪之。窈窕淑女，钟鼓乐之。

——《周南》

注解

①关关雎鸠：关关，水鸟鸣叫的声音。雎(jū)鸠，一种水鸟，古

代传说这种鸟雌雄形影不离。　②洲：水中的陆地。　③窈窕淑女：窈窕，形容女子体态优美。淑，好，善。　④君子好逑：君子，对统治者和贵族男子的通称，古代指地位高的人，后来指人格高尚或才德出众的人。逑(qiú)，配偶。　⑤参差荇菜：参差(cēn cī)，长短不齐的样子。荇(xìng)菜，一种浮在水面上的水草，叶子可以食用。　⑥流：求，即采摘的意思。　⑦寤寐思服：寤(wù)，醒着。寐(mèi)，睡着。思服，思念。　⑧悠：形容愁思深长。　⑨辗转反侧：辗转，身子转来转去。反侧，翻来覆去。　⑩琴瑟友之：瑟，古代一种有二十五根弦的琴。友，友爱，交好。　⑪芼(mào)：择取。

【今译】

雎鸠关关地鸣叫，在河心的小小洲岛上。苗苗条条的好姑娘啊，君子想和你白头到老。

荇菜长长短短不整齐，随水流到左边右边。苗苗条条的好姑娘啊，追求你一直到梦里。

追来追去求不得，醒来睡去都思念。思念绵长，翻来覆去到天明。

荇菜长长短短不整齐，左边采摘，右边采摘。苗苗条条的好姑娘啊，弹拨琴瑟把爱求。

荇菜长长短短不整齐，左边择取，右边择取。苗苗条条的好姑娘啊，鸣钟击鼓去迎娶。

关关雎鸠，在河之洲。窈窕淑女，君子好逑。

第一单元　在水一方

【释义】

中国诗歌中的爱情诗传统历史悠久。《诗经》开篇的《关雎》就是爱情诗。

在孔子眼中"乐而不淫，哀而不伤"的《关雎》里，男子爱上了一个美丽又贤淑的好姑娘，日思夜想，爱慕得连觉也睡不着。先是"琴瑟友之"，再是"钟鼓乐之"，从爱得渴求，爱得深切，上升到鼓乐婚娶，结成琴瑟之好，这其中感情之真挚、之自然，处处流露着浑然天成的人性美。

汉　广

【原文】

南有乔木，不可休思①。汉有游女②，不可求思。汉之广矣，不可泳思。江之永矣③，不可方④思。

翘翘错薪⑤，言刈其楚⑥。之子于归，言秣⑦其马。汉之广矣，不可泳思。江之永矣，不可方思。

翘翘错薪，言刈其蒌⑧。之子于归，言秣其驹。汉之广矣，不可泳思。江之永矣，不可方思。

——《周南》

注解

①不可休思：休，休息。思，语气助词，下同。　②汉有游女：汉，汉水。游女，想象中的汉水女神。　③江之永矣：江，长江。永,江水源远流长。　④方：渡河的木排，这里指乘筏渡江。　⑤翘翘错薪：翘翘，形容柴草众多。错薪，错杂的柴草。　⑥言刈其楚：刈(yì)，割。楚，荆条，有棘的灌木。　⑦秣(mò)：喂马。　⑧蒌(lóu)：蒌蒿，叶似艾的野草。

【今译】

南方有棵高高的树，却不能在它下面乘凉。汉水上面有美丽的女神，却难以追求成配偶。汉水奔流太宽广，难以游过去。江水浩瀚水流长，难以乘筏渡江。

野地柴草真错杂，我在草中砍荆条。那个姑娘嫁给我吧，我愿把她的马儿喂饱。汉水奔流太宽广，难以游过去。江水浩瀚水流长，难以乘筏渡江。

野地柴草真错杂，我在草中砍蒌蒿。那个姑娘嫁给我吧，我愿把她的马驹喂饱。汉水奔流太宽广，难以游过去。江水浩瀚水流长，难以乘筏渡江。

【释义】

这是南方江汉流域的一首民歌,是一个砍樵青年对一位如汉水女神般的少女求之不得而发出的感叹之辞。倾心爱慕,却苦于江水浩瀚,欲渡不能。其中对汉水宽广不可泳、江水流长不可渡的反复咏叹,缠绵委婉,充满浪漫主义色彩。

摽 有 梅

【原文】

摽有梅①,其实②七兮。求我庶士③,迨其吉兮④。
摽有梅,其实三兮。求我庶士,迨其今兮。
摽有梅,顷筐塈之⑤。求我庶士,迨其谓⑥之。

——《召南》

注解

①摽有梅:摽(biào),落下,坠落。有,助词,没有实义。
②实:果实,这里指未落的梅子。　③求我庶士:庶,众,多。

士,对男子的通称。 ④迨其吉兮:迨,到,趁着。吉,吉日,好日子。 ⑤顷筐塈之:顷筐,斜口的浅筐,背在背上。塈(xì),拾取。 ⑥谓:通"会",仲春之会。

【今译】

梅子熟了纷纷落地,树上果实剩七成。追求我的小伙子啊,吉日良辰要把握。

梅子熟了纷纷落地,树上果实剩三成。追求我的小伙子啊,抓住今天别错过。

梅子熟了纷纷落地,可用筐儿来拾取。追求我的小伙子啊,趁着欢会好时机。

【释义】

少女有感于青春易逝,渴望早日与追求她的小伙子成婚。有趣的是,少女以梅子成熟掉落的自然现象叙述着时光的推移,可见当时的人们与大自然之间的紧密联系。整首诗虽感叹青春易老,但心境明朗,在反复催促小伙子抓紧时机的过程中,虽少了几分含蓄,却平添了几分率真。

第一单元　在水一方

野有死麇

【原文】

野有死麇①，白茅②包之。有女怀春，吉士③诱之。
林有朴樕④，野有死鹿。白茅纯束⑤，有女如玉。
"舒而脱脱兮⑥，无感我帨兮⑦，无使尨⑧也吠。"

——《召南》

注解

①麇(jūn)：獐子。　②白茅：草名，以白茅包物表示庄重，婚礼常用。　③吉士：古时对男子的美称。　④朴樕(sù)：小树。　⑤纯(tún)束：聚拢捆起。　⑥舒而脱脱兮：舒，舒缓。脱脱(duì)，宽松的样子。　⑦无感我帨兮：感(hàn)，同"撼"，摇动。帨(shuì)，女子的佩巾。　⑧尨(máng)：长毛狗，多毛狗。

【今译】

野地里有只被打死的獐子，用白茅草把它包扎。有位姑娘向往爱情，打猎的青年追求她。

林中小树一丛丛，一直死鹿躺在野地里。白茅草聚拢捆扎好，送给那位美玉般的好姑娘。

"不紧不慢轻轻来,不要掀起我的佩巾,不要惹得狗儿汪汪叫。"

【释义】

这是一首描写青年猎人追求美丽姑娘的诗歌。从开始时少女向往爱情,到青年主动追求,再到后来的幽会,整首诗层次分明,情景交融,尤其最后一段对姑娘微妙心理的写照,十分传神。在周代,对男女交往的限制不像后代那样严厉,因而从诗歌里能读到青年男女自由幽会的情景。

静 女

【原文】

静女其姝①,俟我于城隅②。爱③而不见,搔首踟蹰④。
静女其娈⑤,贻我彤管⑥。彤管有炜⑦,说怿⑧女美。
自牧归荑⑨,洵美且异⑩。匪女之为美,美人之贻。

——《邶风》

静女其姝,俟我于城隅。爱而不见,搔首踟蹰。

第一单元　在水一方

注解

①静女其姝：静女，安详娴雅的女子。姝(shū)，美丽。　②俟我于城隅：俟，等待。隅，角落。　③爱：隐蔽。　④搔首踟蹰：搔，抓。踟蹰(chí chú)，徘徊不定。　⑤娈：美好。　⑥贻我彤管：贻，赠给。彤，红色。管，一种茅草，一说通心草。　⑦炜(wěi)：光亮鲜明。　⑧说怿(yuè yì)：欢喜。　⑨自牧归荑：牧，牧野，郊外放牧的地方。归(kuì)，同"馈"，赠送。荑(tí)，嫩茅草。　⑩洵美且异：洵，确实，真是。异，出奇，特别。

【今译】

文静的姑娘真漂亮，等待我在静静的城角。藏呀躲呀找不着，徘徊不定又挠头。

文静的姑娘真标致，送我红色管一支。管子红色闪闪亮，我爱它来更爱你。

你从野外归来送我一束白茅草，真是美丽又奇妙。不是白茅草奇妙，确是美人赠送价值高。

【释义】

这首民歌以男子的口吻回忆静静城角上幽会和受赠信物的情景，整首诗洋溢着愉悦、欢快的情绪。文静的姑娘也有调皮惹人爱的一面，男子如期赴约，她却躲藏起来，急得男子搔首踟蹰。

15

美丽的姑娘赠送信物,无论是红色管一支还是白茅草,看上去绝非稀罕之物,甚至有些信手拈来,然而正是这种随意流露出姑娘对男子不时的惦记与牵挂。

桑　中

【原文】

爰采唐矣①?沬②之乡矣。云谁之思③?美孟姜矣④。期我乎桑中,要我乎上宫⑤,送我乎淇之上矣⑥。

爰采麦矣?沬之北矣。云谁之思?美孟弋矣。期我乎桑中,要我乎上宫,送我乎淇之上矣。

爰采葑⑦矣?沬之东矣。云谁之思?美孟庸矣。期我乎桑中,要我乎上宫,送我乎淇之上矣。

——《鄘风》

第一单元 在水一方

注解

①爰采唐矣：爰(yuán)，在哪里。唐，女萝，菟丝。 ②沬(mèi)：卫国的一个邑名。 ③谁之思：思念的是谁。 ④美孟姜矣：孟，排行老大。孟姜，与下文的"孟弋"、"孟庸"都是女子姓名，这里是泛指，未必实有。 ⑤要我乎上宫：要(yāo)，邀约。上宫，城角楼。 ⑥送我乎淇之上矣：淇，淇水。上，岸上，河滩。 ⑦葑(fēng)：芜菁，大头菜。

【今译】

到哪里采女萝啊？卫国的沬乡。心里想着谁？美丽的姜家大姑娘。她等候我在桑林中，约我到高高的城角楼，送我送到淇水旁。

到哪里采麦子啊？沬乡的北方。心里想着谁？美丽的弋家大姑娘。她等候我在桑林中，约我到高高的城角楼，送我送到淇水旁。

到哪里采芜菁啊？沬乡的东方。心里想着谁？美丽的庸家大姑娘。她等候我在桑林中，约我到高高的城角楼，送我送到淇水旁。

【释义】

这是一首描写男女约会和送别的情歌。三个从事采摘劳动的男子，分别爱慕着三个美丽的女子，一问一答的对唱，情意绵绵。送别时的情景，难舍难分。朱自清《中国歌谣》中说：那三个女子的名字，或许只有一个是真的，或者全不是真的。无论是否确有这些女子，男子想要表达的美好感情已是一览无余。

木　瓜

【原文】

投①我以木瓜，报之以琼琚②。匪③报也，永以为好也。
投我以木桃④，报之以琼瑶。匪报也，永以为好也。
投我以木李⑤，报之以琼玖。匪报也，永以为好也。

——《卫风》

【注解】

①投：男女互相投赠信物,是民间的一种求爱方式。　②琼琚(jū)：美玉。下章的"琼瑶"、"琼玖"也是美玉。佩戴各种形状和颜色的玉石,是古代的一种衣饰习俗。　③匪：同"非"。　④木桃：桃子。　⑤木李：李子。

【今译】

有人赠予我木瓜，我用佩玉回赠她。不是简单作报答，表明

永久想着她。

有人赠予我桃子,我用美玉回赠她。不是简单作报答,表明永久爱着她。

有人赠予我李子,我用宝玉回赠她。不是简单作报答,表明终身陪伴她。

【释义】

这是一首男女互相投赠信物以定情的民歌。木瓜、木桃、木李,都是普通的瓜果,琼琚、琼瑶、琼玖都是美玉。一投一报,不仅是礼尚往来,更是薄来而厚往。其中寓含着以至诚之心与对方"永以为好"的深情。简朴而深挚,有浓郁的乡野情趣。

采 葛

【原文】

彼采葛兮①,一日不见,如三月②兮!
彼采萧③兮,一日不见,如三秋④兮!

彼采艾⑤兮，一日不见，如三岁兮！

——《王风》

注解

①彼采葛兮：彼，她。葛，葛藤草。 ②三月：形容相隔时间很长。 ③萧：芦荻，用火烧有香气，古时用来祭祀。 ④三秋：这里指三季。 ⑤艾：艾草。

【今译】

姑娘去采葛藤草，仅仅一天没见她，仿佛相隔有三月！
姑娘她去采芦荻，仅仅一天没见着，仿佛三季那样长！
姑娘她去采艾草，仅仅一天没见着，仿佛三年真漫长！

【释义】

这是一首思念心上人的恋歌。深陷于情感世界的青年，正处于热恋的幸福和甜蜜之中，仅仅和心上人短暂分离，心理的错觉竟然使他感到如同隔了三月、三季、三年一般。分别是暂时的，绵长的是对姑娘的思恋。整首诗语言朴实清新，成语"一日三秋"就出于此。

第一单元　在水一方

萚　兮

【原文】

萚①兮萚兮，风其吹女②。叔兮伯兮③，倡予和女④。
萚兮萚兮，风其漂⑤女。叔兮伯兮，倡予要⑥女。

——《郑风》

注解

①萚(tuò)：草木落叶或脱皮。　②女(rǔ)：同"汝"，你。
③叔兮伯兮：叔、伯，兄弟排行的称呼。　④倡予和女：倡，同"唱"。和，配合。　⑤漂：同"飘"。　⑥要(yāo)：和。

【今译】

树皮脱落枯叶飘，秋风吹你空中飘。小老弟呀大兄长，你来唱歌我和调。

树皮脱落枯叶飘，秋风吹你任飘摇。小老弟呀大兄长，你唱我和乐陶陶。

【释义】

这首诗写的是男女同游，女子邀男子共同歌唱的情景。女子热情、直率,"小老弟呀大兄长",称呼甚是亲热,任谁都不忍拒绝这样一位落落大方的好姑娘。郭沫若在《卷耳集:屈原赋今译》中说:原始人每以唱歌为合欢之媒。于一定时日,男女相聚,男子竞唱,女子择其善于歌者而嫁之。看来男女唱和,并以此觅得佳偶,此歌可谓先声。

狡 童

【原文】

彼狡童兮①,不与我言②兮。维③子之故,使我不能餐兮。
彼狡童兮,不与我食④兮。维子之故,使我不能息⑤兮。

——《郑风》

注解

①彼狡童兮:彼,那,他。狡童,调皮的小伙子,表示亲昵。
②言:这里指交谈。　　③维:因为。　　④食:这里指共食。
⑤息:寝息,安睡。

【今译】

那个小伙太调皮，不和我交谈。因为你啊因为你，使我吃不下饭去。

那个小伙太调皮，不和我共餐。因为你啊因为你，使我觉都睡不安。

【释义】

诗中写了一位女子因被恋人冷落而暗自埋怨。字里行间都能体会到这个女子的细腻情感，而亲昵称呼更将她心底里对恋人的期许表露无遗。无论是食不甘味，还是寝不安席，都是甜蜜的青涩，别有一番滋味。

褰　裳

【原文】

子惠思我，褰裳涉溱①。子不我思，岂无他人？狂童之狂也且②！

子惠思我，褰裳涉洧③。子不我思，岂无他士④？狂童之狂

23

也且!

——《郑风》

注解

①褰裳涉溱：褰(qiān)，提起。裳，下身的衣服。溱(zhēn)，郑国的一条水名，在今河南密县。　②也且(jū)：语气助词。
③洧(wěi)：水名，与溱水汇合。　④他士：别的男子。

【今译】

你若爱我思念我，提起衣裳过溱水。你若变心不想我，难道没人来爱我？你真是个傻小伙！

你若爱我思念我，提起衣裳过洧水。你若变心不想我，难道没人来爱我？你真是个傻小伙！

【释义】

这是情侣之间闹了别扭时的戏谑之词。女子告诫男子不要当薄情郎，语气并非苦口婆心式的劝诫，而是语挚爽朗，快人快语。郑振铎在《插图本中国文学史》中对女子的直率赞赏有加："这种心理，却没有一个诗人敢于将它写出来！"

第一单元　在水一方

东门之墠

【原文】

东门之墠①，茹藘在阪②。其室则迩③，其人甚远。

东门之栗，有践④家室。岂不尔思？子不我即⑤。

——《郑风》

注解

①墠(shàn)：土坪。　②茹藘在阪：茹藘(rú lǘ)，茜草，其根可作红色染料。阪(bǎn)，斜坡。　③其室则迩：其，指所想念的人。室，家。迩，近。　④践：一行行排列的样子。　⑤即：接近。

【今译】

　　东门之外有土坪，茜草生在斜坡上。你的家舍这么近，人儿好似在天涯。

　　东门之外有栗树，行行排列靠屋近。难道我不思念你？你却不同我接近。

【释义】

对于这首歌有两个版本的解读,一说这是首女子思念恋人的歌,逼真地刻画了一个痴情女子的形象。也有人认为这是男女对唱的民间情歌。前一章为男词,后一章为女词,在一唱一和间相思爱慕之情溢于言表。

子 衿

【原文】

青青子衿①,悠悠我心。纵我不往,子宁不嗣音②?
青青子佩③,悠悠我思。纵我不往,子宁不来?
挑兮达兮④,在城阙⑤兮。一日不见,如三月兮。

——《郑风》

第一单元　在水一方

注解

①衿：衣领。　②子宁不嗣音：宁不，怎么不。嗣音，传送音讯。　③佩：这里指系佩玉的绶带。　④挑兮达兮：挑、达，形容走来走去的情状。　⑤城阙：城门两边的观楼。

【今译】

你的衣领颜色青，惦念冲撞我的心。纵然我没去寻你，怎么你不传音讯？

你的绶带颜色青，思念萦绕在我心。纵然我没去寻你，怎么不来把我寻？

走来走去我徘徊，观楼之上把你盼。一天未曾见到你，仿佛相隔三个月。

【释义】

这是一首女子思念恋人的诗歌。女子惦记着恋人，却羞于主动去找他，反倒埋怨对方不主动追求。"子"、"我"对举，突出"我"之情，有盼望，有失落。钱钟书在《管锥编》中说："'纵我不往，子宁不嗣音？''子宁不来？'薄责己而厚望于人也，已开后世小说言情之心理描绘矣。"可见《子衿》成功地捕捉到了女子在恋爱时普遍存在的心理，即思念恋人却反倒希望恋人来寻她。

溱洧

【原文】

溱与洧①，方涣涣②兮。士与女，方秉蕑兮③。女曰："观乎？"士曰："既且④。""且⑤往观乎？洧之外，洵讦⑥且乐。"维⑦士与女，伊其相谑⑧，赠之以勺药⑨。

溱与洧，浏⑩其清矣。士与女，殷其盈矣⑪。女曰："观乎？"士曰："既且。""且往观乎？洧之外，洵讦且乐。"维士与女，伊其将⑫谑，赠之以勺药。

——《郑风》

注解

①溱与洧：溱(zhēn)、洧(wěi)，郑国两条河名。　②涣涣：春水满涨的样子。　③方秉蕑兮：秉，持，拿着。蕑(jiān)，香草名。当地当时习俗，以手持兰草，可被除不祥。　④既且：已经去往。　⑤且：再。　⑥讦(xū)：大。　⑦维：语助词，无意义。　⑧伊其相谑：伊，语助词，无意义。相谑，相互说笑。　⑨勺药：即芍药，花名。　⑩浏：水清澈的样子。　⑪殷其盈矣：殷，众多。盈，满。　⑫将：互相。

第一单元　在水一方

【今译】

溱水和洧水啊,春水满涨。小伙姑娘来春游,手握兰草啊求吉祥。姑娘说道:"看看去?"小伙回答:"已经逛过了。""再去看看怎么样?瞧那洧水河滩外,地方宽广,人也舒畅。"姑娘小伙在一道,相互有说有笑,相互赠芍药。

溱水和洧水啊,水儿多清澈。小伙姑娘来春游,熙熙攘攘人数多。姑娘说道:"看看去?"小伙回答:"已经逛过了。""再去看看怎么样?瞧那洧水河滩外,地方宽广,人也舒畅。"姑娘小伙在一道,相互有说有笑,相互赠芍药。

【释义】

这是一首春游恋歌。每年的三月初三,在溱洧两河的交汇处,郑国都要举行祭鬼神、求康福、祓除不祥的活动。趁此活动的时机,青年男女快乐地游玩,自由地交往,相互爱慕生情时,就以芍药相赠。全诗有情节,有对话,将三月盛会的情景和男女嬉笑的场面生动地描绘了出来。

蒹 葭

【原文】

蒹葭苍苍①,白露为霜。所谓伊人②,在水一方。溯洄从之③,道阻且长。溯游④从之,宛在水中央。

蒹葭凄凄⑤,白露未晞⑥。所谓伊人,在水之湄⑦。溯洄从之,道阻且跻⑧。溯游从之,宛在水中坻⑨。

蒹葭采采⑩,白露未已。所谓伊人,在水之涘⑪。溯洄从之,道阻且右⑫。溯游从之,宛在水中沚⑬。

——《秦风》

注 解

①蒹葭苍苍:蒹葭(jiān jiā),芦苇。苍苍,茂盛的样子。　②伊人:那个人。　③溯洄从之:溯洄,逆流而上。从,跟从,追寻。　④溯游:顺流而下。　⑤凄凄:同"萋萋",形容茂盛的样子。　⑥晞(xī):干。　⑦湄:岸边。　⑧跻(jī):登高。　⑨坻(chí):水中的小高地。　⑩采采:茂盛的样子。　⑪涘(sì):水边。　⑫右:迂回,弯曲。　⑬沚(zhǐ):水中的小洲。

第一单元　在水一方

【今译】

芦苇长得茂密，深秋白露凝结成霜。我心中的那个人，就在河水的那一方。逆流而上追寻她，道路险阻又漫长。顺流而下去追寻她，仿佛就在水中央。

芦苇长得茂密，清晨露水还没有干。我心中的那个人，就在河水那岸边。逆流而上去追寻她，道路险峻难以攀登。顺流而下去追寻她，仿佛就在水中的小高地上。

芦苇长得茂密，早上的露水还未全收。我心中的那个人，就在河水那一边。逆流而上去追寻她，道路险阻又迂回。顺流而下去追寻她，仿佛就在水中的小洲上。

【释义】

这是一首描写追求意中人却思之不得、上下求索的抒情诗歌。在秋天的早晨，不自觉地想到了心中的那个人，好似离得不远，待到追寻时，却又难以觅得。全诗共分三章，均以秋景起兴，寓情于景，委婉动人。诗中的男子为了追寻心中的那个人，不畏险阻，矢志不渝，而那个人的美是如此朦胧，既没有说明她的样貌身姿，更没有言语的交流，这种朦胧的意境使她趋于一种尽善尽美的境界，而男子的追求更像是一种指向理想的超越。

第二单元

与子偕老

"与子偕老"出自《郑风·女曰鸡鸣》，意为与你白头活到老，与你永相爱。这首赋体诗是一对恩爱夫妻的床头话，情感交流、琴瑟和谐、相亲相爱的美好家庭令人钦羡，令人赞叹。

家庭是社会的细胞，家和万事兴，社会享太平。本单元的婚嫁诗，均向往和赞颂家庭生活的和睦与幸福。《桃夭》渲染浓厚的喜庆氛围，期待这个出嫁的姑娘给新组的家庭带去子孙昌盛、福祉绵绵的好运。《出其东门》刻画的是一名男子对爱的专一和忠贞，尽管眼中美女多如天上云，美得像白色茅花，心中想的却始终是那个衣着俭朴的贫贱女，至真至深的爱情是诗中最动人的光彩。《风雨》表达夫妻久别重逢载笑载言的欢聚之乐；以风雨凄凉背景写乐，情意更为浓烈。

第二单元　与子偕老

樛　木

【原文】

南有樛木①，葛藟累之②。乐只君子，福履绥之③。
南有樛木，葛藟荒④之。乐只君子，福履将⑤之。
南有樛木，葛藟萦⑥之。乐只君子，福履成之。

——《周南》

注解

①樛(jiū)木：向下弯曲的树木。　②葛藟累之：葛藟(gě lěi)，为葡萄科植物，根、茎和果实供药用。累，缠绕。　③福履绥之：履，同"禄"，指做官。绥，安，安定。　④荒：掩盖，覆盖。　⑤将：扶，相助。　⑥萦(yíng)：回旋缠绕。

【今译】

南山有棵枝桠下垂弯曲的树,野葡萄藤蔓缠绕着它。君子新婚多快乐,祝他福禄安家得幸福。

南山有棵枝桠下垂弯曲的树,野葡萄藤蔓覆满了它。君子新婚多快乐,福禄降临扶助他。

南山有棵枝桠下垂弯曲的树,野葡萄藤蔓回旋缠绕它。君子新婚多快乐,大福大禄成全他。

【释义】

这是一首祝贺新婚的民歌。用反复吟唱、逐层推进的手法,表达浓浓的祝福之情,给人以欢乐、幸福的感染。至今在一些民歌中还能听到用"藤蔓"和"树"来比喻男女相爱,歌颂美满婚姻,由此可见,《樛木》中对婚姻和爱情的描绘在两千多年后的今天仍然充满活力与生机。

桃 夭

【原文】

桃之夭夭①,灼灼其华②。之子于归③,宜其室家④。

桃之夭夭,有蕡⁵其实。之子于归,宜其家室。

桃之夭夭,其叶蓁蓁⁶。之子于归,宜其家人。

——《周南》

> **注解**
>
> ①夭夭:茂盛的样子。　②灼灼其华:灼灼,花开鲜明的样子。华,同"花"。　③之子于归:之子,指出嫁的姑娘。于归,女子出嫁。　④宜其室家:宜,和顺,和善。室家,指女子所嫁的人家。　⑤蕡(fén):果实很多的样子。　⑥蓁蓁(zhēn):树叶茂盛、茂密的样子。

【今译】

桃树儿欣欣向荣,开着红艳艳的花。那个姑娘要出嫁,和顺待夫家。

桃树儿欣欣向荣,结着累累的硕果。那个姑娘要出嫁,和顺待全家。

桃树儿欣欣向荣,树枝密匝叶繁茂。那个姑娘要出嫁,和顺待家人。

【释义】

这是一首祝贺女子出嫁的民歌。桃花火红、硕果累累、枝繁叶茂,一切都是那么欣欣然,而后联想到新娘出嫁后为妻为母的景象，能和顺对待夫家，生活甜如蜜。常言"家和万事兴"，看来古人早就有了对和睦家庭生活的美好向往。

硕　人

【原文】

硕人其颀①，衣锦褧②衣。齐侯之子，卫侯之妻，东宫之妹，邢侯之姨，谭公维私。

手如柔荑③，肤如凝脂，领如蝤蛴④，齿如瓠犀⑤。螓首蛾眉⑥，巧笑倩⑦兮，美目盼⑧兮。

硕人敖敖⑨，说于农郊⑩。四牡有骄⑪，朱幩镳镳⑫，翟茀⑬以朝。大夫夙退，无使君劳。

河水洋洋⑭，北流活活⑮。施罛濊濊⑯，鳣鲔发发⑰，葭菼揭揭⑱。庶姜孽孽⑲，庶士有朅⑳。

——《卫风》

手如柔荑，肤如凝脂，领如蝤蛴，齿如瓠犀，
螓首蛾眉，巧笑倩兮，美目盼兮。

第二单元　与子偕老

注解

①硕人其颀：硕，美。颀(qí)，身材修长的样子。　②襏(jiǒng)：麻布制的罩衫，女子出嫁途中穿着以蔽尘土。　③荑(tí)：白茅的嫩芽。　④领如蝤蛴：领，颈。蝤蛴(qiú qí)，天牛的幼虫，身长体白。　⑤瓠(hù)犀：葫芦籽，洁白整齐。　⑥螓首蛾眉：螓(qín)，虫名，状如小蝉。蛾，蚕蛾。　⑦倩：笑时脸颊现出酒窝的样子。　⑧盼：眼睛黑白分明的样子。　⑨敖敖：身材高挑的样子。　⑩说于农郊：说，同"税"，停息。农郊，近郊。　⑪四牡有骄：牡，雄，这里指雄马。骄，健壮。　⑫朱幩镳镳：朱，红色。幩(fén)，马嚼两旁挂着的绸子。镳镳(biāo)，多而盛的样子。　⑬翟茀(dí fú)：车后遮挡围子上的野鸡毛，用作装饰。　⑭洋洋：水流盛大的样子。　⑮活活(guō)：水流声。　⑯施罛濊濊：施，设。罛(gū)，渔网。濊濊(huò)，撒网入水的声音。　⑰鳣鲔发发：鳣(zhān)，黄鱼。鲔(wěi)，鳝鱼。发发(bō)，鱼尾在水中摆动时发出的声音。　⑱葭菼揭揭：葭(jiā)，芦苇。菼(tǎn)，荻草。揭揭，长的样子。　⑲庶姜孽孽：庶姜，指随嫁的姜姓女子。孽孽，形容女子高挑美丽的样子。　⑳庶士有朅：士，指陪嫁的媵臣。有朅(qiè)，威武，气宇轩昂的样子。

【今译】

美人的身材修长，身着锦服和麻布制的罩衫。她是齐侯的女儿，她是卫侯的新娘，她是太子的阿妹，她是邢侯的小姨，谭公又是她妹婿。

手儿柔嫩像白茅的嫩芽，皮肤白皙像冻结的脂油，脖子像白色的蝤蛴身子长，牙齿像瓠子洁白又齐整。额角方正眉毛细长，一笑露出甜甜的酒窝，美丽的眼睛黑白分明。

美人的身材高挑，在农郊停车休息。四匹雄马多矫健，红绸系在马嚼上好神气，乘长尾野鸡毛装饰的车子来上朝。大夫们早些退朝，不要让卫君太辛劳。

河水浩浩荡荡，哗哗向北方奔流。撒网入水霍霍响，黄鱼鳝鱼在水中摆尾，芦苇荻草长得长。陪嫁的姑娘美丽又高挑，陪嫁的媵臣气宇轩昂。

【释义】

《硕人》是赞美卫庄公夫人庄姜的诗。《左传·隐公三年》："卫庄公娶于齐，东宫得臣之妹，曰庄姜。美而无子，卫人所为赋《硕人》也。"诗中的庄姜真是美艳绝伦，身材修长，手儿柔嫩像白茅的嫩芽，皮肤白皙像冻结的脂油，脖子像白色的蝤蛴身子长，牙齿像瓠子洁白又齐整。额角方正眉毛细长，一笑露出甜甜的酒窝，美丽的眼睛黑白分明。七个比喻，将这样一个外貌无懈可击的美人细致地描摹出来。美人不仅美，还身份显赫。第一章中介绍了她出身名门，而盛大的出嫁场面和陪嫁队伍更是衬托出庄姜的华贵。全诗通篇用了铺张手法，将美人的美描写得淋漓尽致，为庄姜画了一幅艳丽绝伦的肖像画。

第二单元　与子偕老

女曰鸡鸣

【原文】

女曰："鸡鸣。"士曰："昧旦①。""子兴视夜②，明星③有烂。""将翱将翔④，弋凫与雁⑤。"

"弋言加之⑥，与子宜⑦之。宜言饮酒，与子偕老。琴瑟在御⑧，莫不静好⑨。"

"知子之来⑩之，杂佩⑪以赠之。知子之顺⑫之，杂佩以问⑬之。知子之好⑭之，杂佩以报之。"

——《郑风》

注解

①昧旦：天色将明未明之际。　②子兴视夜：兴，起。视夜，观察夜色。　③明星：启明星。　④将翱将翔：翱、翔，原指鸟在空中回旋飞翔，这里借指人在外兜游。　⑤弋凫与雁：弋(yì)，用生丝做绳，系在箭上射鸟。凫(fú)，野鸭。　⑥弋言加之：言，语助词，下同。加，射中。　⑦宜：即"肴"，烹调菜肴，这里作动词。　⑧御：弹奏。　⑨静好：和睦美满。　⑩来：殷勤。　⑪杂佩：古人佩饰，因质地和形状种类各异，故称杂佩。　⑫顺：柔顺。　⑬问：赠送。　⑭好(hào)：爱恋。

【今译】

妻子说:"鸡叫了。"丈夫却说:"天还没有亮。""你起来观察一下夜色,启明星正闪闪发亮。""我去外边兜游一下,射野鸭和大雁。"

"野鸭大雁都射中,我为你烹调菜肴。有了佳肴好饮酒,和你相伴到老。弹起琴来鼓起瑟,多么和睦美满。"

"知道你对我多体贴,拿了佩饰送给你。知道你对我多柔顺,拿了佩饰送给你。知道你对我多爱恋,佩饰送你表回报。"

【释义】

这首民歌写年轻夫妇用对话联句形式劝说早起与射猎的恩爱情景。叙述的内容比较丰富,从早起、射猎、烹调、饮酒、奏乐到赠送杂佩。催促丈夫早起时,妻子并不吆喝,而是委婉地提醒丈夫鸡叫了,启明星亮了,低声短语中蕴含爱怜之意。丈夫的话语不多,然而情态皆出。人物由睡而起,对话由短而长,节奏由慢而快,可闻可听,切情切理,构成了一支夫妻恩爱、家庭和谐的歌。这首诗歌也以最早的对话体彪炳诗史。

风　雨

【原文】

风雨凄凄①,鸡鸣喈喈②。既见君子,云胡不夷③?
风雨潇潇④,鸡鸣胶胶⑤。既见君子,云胡不瘳⑥?
风雨如晦⑦,鸡鸣不已。既见君子,云胡不喜?

——《郑风》

注解

①凄凄:形容寒冷。　②喈喈(jiē):鸡鸣声。　③云胡不夷:云,语助词。胡,为什么。夷,平,指心中平静。　④潇潇:风雨声。　⑤胶胶:鸡鸣声。　⑥瘳(chōu):病愈,这里指心中的苦闷消除了。　⑦晦:天黑,黑夜。

【今译】

　　风凄凄呀雨凄凄,雄鸡喈喈声不停。终于与君相见面,心中怎会不平静?

　　风萧萧呀雨潇潇,雄鸡胶胶声不停。终于与君相见面,病痛怎能不痊愈?

　　风雨交加天昏暗,雄鸡声声鸣不停。终于与君相见面,我又怎能不欢喜?

【释义】

在风雨交加的早晨,雄鸡喔喔叫不停,妻子与丈夫久别重逢,原本不宁的心绪平静了,病痛也随之烟消云散,思念之苦被喜悦之情替代。如此说来,爱情当真是一味良药,能将由它引起的万端愁思顷刻间拨云见日。整首诗哀景与悦情强烈对比,形成"千秋绝调",有意思的是,后世许多有气节的贤士时运不济时,都爱用"鸡鸣不已"自勉,这更体现了此诗的影响力。

出 其 东 门

【原文】

出其东门,有女如云。虽则如云,匪我思存①。缟衣綦巾②,聊乐我员③。

出其闉闍④,有女如荼⑤。虽则如荼,匪我思且⑥。缟衣茹藘⑦,聊可与娱。

——《郑风》

第二单元　与子偕老

注解

①匪我思存：匪，非。存，想念。　②缟衣綦巾：缟(gǎo)，白色。綦(qí)巾，青色佩巾。　③聊乐我员：聊，且。员(yún)，语气助词，没有实义。　④出其闉阇：闉(yīn)，城门外的曲城。阇(dū)，曲城的门。　⑤荼(tú)：白色茅花。　⑥且：语气助词，没有实义。　⑦茹藘(rú lú)：茜草，可做红色染料，借指红色佩巾。

【今译】

我走出了东城门外，那儿有美丽的女子，数量多得像天上的云彩。虽然美女数量众多，却不是我思念和想念的人。只有家中那个穿着粗布白衣、戴着青色佩巾的女子，只有她能让我快乐。

走出城门外的曲城的门，那儿有美丽的女子，美得像白色茅花。虽然美得像白色茅花，却不是我思念和想念的人。只有家中那个穿着粗布白衣、戴着红色佩巾的女子，只有和她在一起才快活。

【释义】

这是一首男子表达对妻子忠贞不贰的诗。诗中的男子外出时遇到许多美女，但他"百花丛中过，片叶不沾身"。就算美女多如云朵，美得像白色茅花，也不能打动他的心，因为家中有妻子，她虽然朴实无华，但只有她能让男子感到快乐，男子的心被她装得满满的，丝毫容不下别的女子。在历史上有许多讴歌爱情的诗词,但往往都是以女性的视角切入,或者以女性为第一人称来描述。这首诗从一位忠贞的男子身上刻画,更具独特价值。光阴如梭,红颜易老,能两情相悦,一生相伴的爱情是多么令人神往!

鸡 鸣

【原文】

"鸡既鸣矣,朝既盈矣①。""匪②鸡则鸣,苍蝇之声。"
"东方明矣,朝既昌③矣。""匪东方则明,月出之光。"
"虫飞薨薨④,甘⑤与子同梦。""会且归矣⑥,无庶⑦予子憎。"

——《齐风》

注解

①朝既盈矣:朝,朝廷。盈,满,指上朝的人到齐了。 ②匪:同"非"。 ③昌:盛,这里指人多。 ④薨薨(hōng):虫儿的振翅声。 ⑤甘:愿。 ⑥会且归矣:会,朝会。且,将。 ⑦无庶:同"庶无",庶表示希望。

第二单元　与子偕老

【今译】

"公鸡已经鸣叫了,上朝的人们已经到齐。""不是公鸡鸣叫,是那苍蝇嗡嗡闹。"

"东方明亮了,朝会上的人很多。""不是东方明亮了,那是明月的光芒。"

"虫子振翅发声响,愿与你温好梦。""上朝官员快散啦,希望我们别招人怨恨。"

【释义】

这是一首妻子催促丈夫起床上朝的诗。这首诗和《女曰鸡鸣》一样,都用了问答联句体,内容上也有几分相似。妻子以公鸡鸣叫为由唤醒睡梦中的丈夫,然而这个丈夫可不像《女曰鸡鸣》中的男子那么敦厚,而是存心逗妻子说那不是鸡叫,而是苍蝇的声音。一句玩笑便能看出丈夫灵活俏皮的一面,之后丈夫还把天亮说成明月的光芒。最后一章里,他终于才道出了真实的想法,只不过贪恋衾枕,缠绵难舍,想和妻子同温好梦罢了。这首诗将一对夫妻特有的生活情趣原原本本呈现出来,难怪姚际恒《诗经通论》中说这首诗是"真情实境,写来活现",而钱钟书也赞赏此诗"作男女对答之词"而"饶情致"。

著

【原文】

俟我于著乎而①,充耳②以素乎而,尚之以琼华乎而③。
俟我于庭④乎而,充耳以青乎而,尚之以琼莹乎而。
俟我于堂⑤乎而,充耳以黄乎而,尚之以琼英乎而。

——《齐风》

注解

①俟我于著乎而:俟,等待。著,通"宁",正门到屏风之间的地方。②充耳:饰物,悬在冠之两侧,古代男子冠帽两侧各系一条丝带,在耳边打个圆结,圆结中穿上一块玉饰,因纮上圆结与瑱正好塞着两耳,故名。③尚之以琼华乎而:尚,加。琼华,与下面的琼莹、琼英,都是玉瑱之名。④庭:院中。⑤堂:堂前。

【今译】

在屏风前等我哟,冠帽两侧白丝线垂在耳边,加上美玉多光亮哟。

在庭院里等我哟,冠帽两侧青丝线垂在耳边,加上美玉多莹亮哟。

在厅堂中等我哟,冠帽两侧黄丝线垂在耳边,加上美玉多光彩哟。

【释义】

齐国风俗是新郎到女家迎亲,新娘上车后,新郎亲自驾车,轮转三周,再交给车手,自己另乘车先行到自家门口等候。新娘等待新郎迎娶时禁不住好奇,偷偷张望。新郎由远及近,女子看清了他充耳上三条丝线有不同的颜色,而圆结上的美玉光泽透亮。为什么这里只写到佩饰,却对新郎的容貌只字不提呢?不写正面,而写侧面,不写其他部位,只写头部,这特别的视角正是对新娘几分羞涩、几分好奇、几分矜持最真实的写照。三章之中无一句运用了主语,初读有些突兀,想来也入情入理。在涌动着的观礼人群中,只有这个等待着她的男子映入她的眼帘,省略了主语反而更显情意绵绵。在众人祝福的目光中,羞答答的新娘又怎么可能定睛细看新郎,只能时不时偷瞟一眼,仓促中只见到他冠帽两侧垂在耳边的三色丝线和圆结中穿上的玉饰,这一独特的描写视角更能引起人们的联想,余味无穷。

绸　缪

【原文】

绸缪束薪①，三星②在天。今夕何夕？见此良人。子兮子兮！如此良人何？

绸缪束刍③，三星在隅④。今夕何夕？见此邂逅⑤。子兮子兮！如此邂逅何？

绸缪束楚⑥，三星在户。今夕何夕？见此粲者⑦。子兮子兮！如此粲者何？

——《唐风》

注解

①绸缪束薪：绸缪，紧密缠绕。束薪，一捆捆的柴草，这里象征婚姻和爱情。　②三星：指参宿、心宿、河鼓三星，它们相近又明亮。　③刍：喂牲口的草料。　④隅：天的东南边。　⑤邂逅：本义是不期而遇，引申为"悦"，这里指爱人。　⑥楚：荆条。　⑦粲者：美人。

【今译】

紧紧扎起一捆柴草，三星悬挂在天上。今天是什么样的日子

绸缪束薪,三星在天。今夕何夕?
见此良人。子兮子兮!如此良人何?

啊?遇上如此美好的人。你呀你呀!该怎么对待这美好的人?

密密缠绕一捆草料,三星挂在天的东南边。今天是什么样的日子啊?遇到如此的爱人。你啊你啊!该怎么对待这样的爱人?

紧紧捆扎一捆荆条,三星缀在门户边。今天是什么样的日子啊?碰见如此的美人。你呀你呀!该怎么对待这样的美人?

【释义】

这是首新婚夫妇相得而喜的诗。没有描绘喧天的锣鼓,没有摹写热闹的场面,只是"今夕何夕"寥寥数语,就把新婚燕尔的欢悦之情渲染得淋漓尽致。从参宿三星升起到河鼓三星坠落,新郎竟然不知"今夕何夕",看来完全沉浸于幸福之中。还有一说这是古代民间闹新房的歌曲,为"后世闹新房之祖"。

伐 柯

【原文】

伐柯①如何?匪斧不克②。取③妻如何?匪媒不得。

伐柯伐柯,其则④不远。我觏⑤之子,笾豆有践⑥。

——《豳风》

注解

①柯:斧柄。　②克:完成。　③取:通"娶"。　④则:准则。
⑤觏(gòu):见。　⑥笾豆有践:笾(biān),古代祭祀或宴会上用来盛放瓜果的器具。豆,古代祭祀或宴会上用来盛放肉类的器具。践,陈列整齐的样子。

【今译】

要砍斧柄怎么办?没有斧子没法完成。娶个妻子怎么样?没有媒人可不行。

砍斧柄呀砍斧柄,可仿效的样子就在不远处。我见那个姑娘啊,食器摆放得很整齐。

【释义】

人们常把行走于男女之间,牵线做媒叫做"伐柯",出典便在这首诗中。诗里写缺了媒人,娶妻的事情行不通,与砍斧柄少不了斧头的道理如出一辙。诗中宣扬的是"媒妁之言"的思想,男子如果想娶个好妻子,就必须先寻找媒人,再由媒人根据男子家的情况选择合适的人家,这种婚娶规则在后来很长的一段时期内

都以主流形态活跃在历史中。值得一提的是，子思在《中庸》里对"伐柯"提出了新的见解："执柯以伐柯，睨而视之，犹以为远。故君子以人治人，改而止。"意思是说，手里拿着斧柄伐木作斧柄，只要睨一眼就能看得见，但有的人还要到处找。子思借此比喻很多人盲目追求中庸之道，把中庸之道看作一种死板的规则。这是对于"伐柯"原意的一种反思，自然的法则固然不可变，但与人相关的那部分规则恐怕要复杂得多了。

鸳　鸯

【原文】

鸳鸯于①飞，毕之罗之②。君子万年，福禄宜③之。
鸳鸯在梁④，戢⑤其左翼。君子万年，宜其遐⑥福。
乘马在厩⑦，摧之秣之⑧。君子万年，福禄艾⑨之。
乘马在厩，秣之摧之。君子万年，福禄绥⑩之。

——《小雅》

注解

①于：语气助词。 ②毕之罗之：毕，长柄的捕鸟小网。罗，无柄的捕鸟网。 ③宜：安。 ④梁：筑在河湖池中拦鱼的水坝。 ⑤戢(jí)：插。 ⑥遐：远。 ⑦乘马在厩：乘(shèng)马，四匹马。厩，马棚。 ⑧摧之秣之：摧(cuò)，通"莝"，铡草喂马。秣(mò)，用谷物喂马。 ⑨艾：养。 ⑩绥：安。

【今译】

鸳鸯双双飞，大网小网来捕它。敬祝君子万年寿，福禄一同来安享。

鸳鸯双双在拦鱼的水坝，喙儿插进左翅膀。敬祝君子万年寿，一生幸福绵绵长。

四匹马儿在马房，每天喂草喂杂粮。敬祝君子万年寿，福禄把他来滋养。

四匹马儿在马槽，每天喂粮喂饲草。敬祝君子万年寿，安享福禄永相好。

【释义】

这是一首贺婚诗，祝贺婚姻嫁娶。前两章赞美男女双方情意绵绵，后两章祝福生活美满、富足。诗以鸳鸯鸟起兴，赞男女爱慕之情，先绘飞翔的动态，再绘停憩鱼梁的静态，双飞双息，动

静相映,形神毕现。两处刻画尤为传神:"毕之罗之",遭遇大小罗网的危险,双鸟仍相伴飞翔,共渡险境;"戢其左翼",把鸟喙插到左翅膀里,休憩得悠然自在,显示相偎相依的甜蜜。第三、四章以秣马起兴,赞结婚迎亲,祝婚后生活美满,以厩中肥马为细节,既反映生活的富足,也暗示迎娶的喜庆和热闹。"君子万年"一句贯通诗的四章,好人万年寿而康的祝福反复吟咏,大大增添了这首贺诗的浓度。

第三单元

泣涕涟涟

"泣涕涟涟"出自《卫风·氓》,意为泪水不断地流下来。《氓》是一首弃妇的怨诗,诉说她与"氓"恋爱、结婚、受虐待、遭遗弃的过程,通篇是内心的独白,悔恨交织,最后决然离去。古代妇女在婚姻中的被动地位令人悲哀。《谷风》、《中谷有蓷》均表现妇人被丈夫遗弃,命运悲惨。诗句饱含血泪,控诉夫君的薄情寡义。

本单元诗中的"泣涕涟涟"表现在远嫁、逼嫁、悼亡等多个方面。《燕燕》写卫国国君送别妹妹远嫁,兄妹之情感人。在交通阻隔的古代,远嫁不仅是生离,更似死别,因而送别时悲切切,泪涟涟。《竹竿》写恋人被迫远嫁,美满婚姻拆散,忧愤不能自已。《葛生》写悼念亡夫,《绿衣》写悼念亡妻,睹物伤情,悲痛断肠,刻骨的相思闪烁着永恒的光芒。

第三单元 泣涕涟涟

行 露

【原文】

厌浥行露①，岂不夙夜②？谓③行多露。

谁谓雀无角④？何以穿我屋？谁谓女无家⑤？何以速⑥我狱？虽速我狱，室家不足⑦！

谁谓鼠无牙？何以穿我墉⑧？谁谓女无家？何以速我讼？虽速我讼，亦不女从⑨。

——《召南》

注解

①厌浥行露：厌浥(yì)，潮湿的样子。行，道路。　②夙夜：

天没亮的时候。　③谓：同"畏",意思是畏惧。　④角：嘴。
⑤谁谓女无家：女,同"汝",你。无家,没有家室,这里指尚未婚配。
⑥速：招致。　⑦不足：要求结婚的理由不足。　⑧墉：墙。
⑨女从：嫁给你。

【今译】

  道路上的露水湿漉漉,难道在天没亮的时候赶路?只怕路上露水多。

  谁说鸟雀没有嘴?怎么啄穿我的屋?谁说你还没成家?凭什么让我坐牢房?虽然送我进牢房,要求结婚的理由不充足!

  谁说老鼠没有牙?怎么穿透我的墙?谁说你还没成家?凭什么让我上公堂?虽然让我上公堂,我也决不顺从你。

【释义】

  这首诗是一位不知名的女子为拒绝与一个已有家室的男子重婚而作。按照常理来说,面对一个已有家室的男子,拒绝他的逼婚合乎自然,但男方竟然采用强暴手段,以刑狱相逼。女子最终还是坚持了最初的选择,这种宁为玉碎的气节,可歌可泣,这种敢于说"不"的凛然正气,是一种悲怆中的豪迈,甚为可贵。

柏 舟

【原文】

泛彼柏舟①，亦泛其流。耿耿不寐②，如有隐忧③。微④我无酒，以敖⑤以游。

我心匪鉴⑥，不可以茹⑦。亦有兄弟，不可以据⑧。薄言往愬⑨，逢彼之怒。

我心匪石，不可转也。我心匪席，不可卷也。威仪棣棣⑩，不可选⑪也。

忧心悄悄⑫，愠于群小⑬。觏闵⑭既多，受侮不少。静言思之，寤辟有摽⑮。

日居月诸⑯，胡迭而微⑰？心之忧矣，如匪浣衣。静言思之，不能奋飞。

——《邶风》

注 解

①泛彼柏舟：泛，浮。柏舟，柏木制成的小船。　②耿耿不寐：耿耿，心中焦虑烦忧的样子。寐，睡着。　③隐忧：痛心的忧愁。　④微：非，不是。　⑤敖：同"遨"，遨游。　⑥鉴：镜子。

⑦茹：容纳。　⑧据：依靠。　⑨愬(sù)：同"诉"，倾诉。
⑩威仪棣棣：威仪，庄严的容貌举止。棣棣，安和娴雅的样子。
⑪选(xùn)：退让。　⑫悄悄：忧愁。　⑬愠于群小：愠，怨。群小，众小人，这里指群妾。　⑭觏闵：觏(gòu)，同"遘"，遭遇。闵，痛心。　⑮寤辟有摽：寤，醒着。辟，同"擗"，意思是拍。摽(biào)，捶胸的样子。　⑯日居月诸：居、诸，语气助词，没有实义。　⑰胡迭而微：胡，为什么。迭，交替，更迭。微，昏暗不明。

【今译】

漂浮游荡的柏木舟，随着河水任意东西。心中烦扰恐难入眠，多少忧愁积在心头。并非无酒借以消愁，并非无处可去遨游。

我的心不是一面镜子，能容纳所有。娘家也有亲弟兄，却不能用来依靠。不得已向他倾诉，反遭他生气发怒。

我的心不是一块石头，可随意转动。我的心不是一卷席子，可随意卷拢。仪容端庄举止娴雅，不能让人随意挑眼。

多少忧愁绕心头，得罪群小遭怨恨。遭遇痛心的事儿多，承受的侮辱也不少。一桩桩、一件件细细思量，抚心捶胸睡不着。

叫一声太阳唤一声月亮，你们为何交替着昏暗不明？心中的忧愁，好似没有清洗的脏衣裳。一桩桩、一件件细细思量，无法振翅飞翔。

第三单元 泣涕涟涟

【释义】

这首诗是妇女抒发愤懑之作。诗中的妇女因受到群小的欺辱,有苦无处诉,有泪独自流,在孤立无援、万般无奈的情况下在诗中抒发哀怨和愤恨之情。以铜镜为喻,表明自己心性刚烈;以石头、草席为喻,表明自己无法妥协,断然不能退让。刚烈如这般,偏偏遇上亲兄弟薄情寡义,无可依傍。恨,恨群小使自己"受侮不少";悲,悲兄弟"不可以据",日月都因这悲恨晦涩,前景也随之黯淡起来。

绿　衣

【原文】

绿兮衣兮,绿衣黄里①。心之忧矣,曷维其已②!
绿兮衣兮,绿衣黄裳。心之忧矣,曷维其亡③!
绿兮丝兮,女所治兮。我思古人④,俾无訧兮⑤!
絺兮绤兮⑥,凄其以风⑦。我思古人,实获我心!

——《邶风》

注解

①里：衣服的衬里。 ②曷维其已：曷，何。维，助词。已，止。 ③亡：同"忘"，忘记。 ④古人：已亡故之人。 ⑤俾无訧兮：俾(bǐ)，使。訧(yóu)，过，过失。 ⑥絺兮绤兮：絺(chī)，细葛布。绤(xì)，粗葛布。 ⑦凄其以风：凄其，即凄凄。凄，凉而有寒意。以，通"似"，像。

【今译】

绿衣裳啊绿衣裳，绿色衣面黄色的衬里。心里忧伤啊心里忧伤，什么时候才能够停止！

绿衣裳啊绿衣裳，绿色上衣黄色的裙子。心忧伤啊心忧伤，什么时候才能忘记！

绿丝线啊绿丝线，是你亲手来缝制啊。我思念我那亡故的妻子，使我平时少过失！

细葛布啊粗葛布，穿上风凉又爽气。我思念我那亡故的妻子，实在懂得我的心！

【释义】

这是一首睹物思人、怀念亡故妻子的诗。诗中的男子由贤妻亲手缝制的绿衣引发对亡妻的深切怀念。四章的开头分别提到了绿衣裳和绿丝线，我们仿佛从他的描述中看到妻子生前一针一线

缝制着这件绿衣,每一针每一线都寄托着对男子的情意。但男子对亡妻的思恋并不停留在一件实物上,他转而怀念起妻子对他的叮咛提醒,想到了妻子懂得他的心,这些都是男子所珍视的。这首诗和《唐风·葛生》同是悼亡诗之祖,后世的悼亡诗总或多或少受到这两首诗的影响,如元稹悼亡名作《遣悲怀》中"衣裳已施行看尽,针线犹存未忍开"一句,便全由《绿衣》化出。

燕 燕

【原文】

燕燕①于飞,差池②其羽。之子于归,远送于野。瞻望弗及,泣涕如雨!

燕燕于飞,颉之颃之③。之子于归,远于将④之。瞻望弗及,伫立以泣!

燕燕于飞,下上其音。之子于归,远送于南。瞻望弗及,实劳我心!

仲氏任只⑤,其心塞渊⑥。终温且惠⑦,淑慎其身。"先君之思",

以勖⑧寡人！

——《邶风》

注解

①燕燕：一对燕子。 ②差(cī)池：长短不齐的样子。 ③颉之颃之：颉(xié)，鸟向下飞。颃(háng)，鸟向上飞。 ④将：送。 ⑤仲氏任只：仲氏，二妹。任，信任。只，语气助词，没有实义。 ⑥塞渊：塞，秉性诚实。渊，深。 ⑦终温且惠：终，既。惠，和顺。 ⑧勖(xù)：勉励。

【今译】

一对燕子飞呀飞，羽毛长短不整齐。这位姑娘要出嫁了，远送姑娘到郊外。遥望不见姑娘的身影，泪如雨下流满面！

一对燕子飞呀飞，向上飞来向下飞。这位姑娘要出嫁了，远远地送别她。遥望不见姑娘的身影，久久站立泪水流！

一对燕子飞呀飞，飞上飞下在呢喃。这位姑娘要出嫁了，远送姑娘向南方。遥望不见姑娘的身影，心中满是思念之苦！

二妹诚实重情义，秉性诚实思虑深。性情温柔又和顺，贤淑谨慎重修身。"要把先君常思念"，她用这句话来勉励我！

【释义】

关于这首诗有多种说法。有一种说法是卫国国君送别远嫁的

妹妹的作品。春秋时期，卫国内忧外患，多灾多难。在这种情形下，两相分离，就会有生离死别之感，令人凄苦难当。诗境凄凄惨惨，选景苍苍凉凉，读了令人泪下。有人誉此诗为"万古送别之祖"。诗的前三章借燕子双飞起兴，描绘送别分离的场面，两相映衬，更令人悲从中来。进而写到野外分别，当姑娘的背影逐渐消失在眼前，顿时万般感慨涌上心头，直化作两行相思泪。离别诗是中国古典诗歌中常见的几个主题之一，这是因为在古代交通不便捷，音讯相传也实属不易，不像信息通讯技术发达的今天，千里万里的距离无法阻隔人们的联系。时至今日再读《燕燕》这样的离别诗，虽然其中凄苦的感情很难感同身受，但离别诗在中国古典诗歌中的重要地位是这些因素所不能动摇的。

谷　风

【原文】

习习谷风①，以阴以雨。黾勉②同心，不宜有怒。采葑采菲③，无以下体④。德音莫违⑤，及尔同死。

行道迟迟⑥,中心有违⑦。不远伊迩⑧,薄送我畿⑨。谁谓荼⑩苦? 其甘如荠⑪。宴⑫尔新昏,如兄如弟。

泾以渭浊⑬,湜湜⑭其沚。宴尔新昏,不我屑⑮以。毋逝我梁⑯,毋发我笱⑰。我躬不阅⑱,遑恤⑲我后。

就其深矣,方之舟之⑳。就其浅矣,泳之游之。何有何亡,黾勉求之。凡民有丧㉑,匍匐㉒救之。

不我能慉㉓,反以我为仇。既阻㉔我德,贾用不售㉕。昔育恐育鞠㉖,及尔颠覆㉗。既生既育,比予于毒。

我有旨蓄㉘,亦以御冬。宴尔新昏,以我御穷。有洸有溃㉙,既诒我肄㉚。不念昔者,伊余来塈㉛。

——《邶风》

注解

①习习谷风:习习,风舒缓和煦的样子。谷风,来自山谷的风。
②黾(mǐn)勉:勉励,努力。　③采葑采菲:葑,大头菜。菲,萝卜。
④无以下体:无以,不用。下体,根部。　⑤德音莫违:德音,指夫妻间说的好听话。违,背,背弃。　⑥迟迟:缓慢的样子。
⑦中心有违:中心,心中。有违,相违背。　⑧伊迩:伊,是。迩,近。　⑨薄送我畿:薄,语气助词,有勉强之意。畿(jī),门槛。
⑩荼(tú):苦菜。　⑪荠(jì):一种带有甜味的菜。　⑫宴:快乐,安乐。　⑬泾以渭浊:泾,泾水。渭,渭水。　⑭湜湜(shí):水清澈的样子。　⑮屑:清洁,纯洁。　⑯梁:河中为捕鱼垒成的堰。　⑰毋发我笱:发,拨开。笱(gǒu),捕鱼的竹篓。

⑱我躬不阅：躬，自身。阅，容纳。　⑲遑恤：遑，空闲。恤，考虑到。　⑳方之舟之：方，乘筏渡河。舟，乘船渡河。　㉑丧：灾祸。　㉒匍匐：伏地爬行，这里的意思是尽力而为。　㉓慉(xù)：喜爱。　㉔阻：拒绝。　㉕贾用不售：贾(gǔ)，卖。不售，卖不掉。　㉖昔育恐育鞫：育恐，生活在恐惧中。育鞫，生活在贫穷中。　㉗颠覆：患难。　㉘旨蓄：美味的干菜。　㉙有洸有溃：洸(guāng)，水激流的样子，比喻丈夫虐待。溃，水溃决的样子，比喻丈夫发怒。　㉚既诒我肄：诒，留给。肄(yì)，劳苦之事。　㉛伊余来塈：伊，唯，只有。来，语气助词，无义。塈，爱。

【今译】

山谷微风多和煦，天色阴沉又有雨。夫妻同心齐努力，不应动辄撒怒气。采摘萝卜大头菜，怎能舍弃其根部。情话绵绵别违背，与你同死永不分。

我在路上慢慢走，心中难分又难舍。路途远近都不送，勉强送到门槛边。谁说苦菜味道苦？我说苦菜甜如荠。你迎新婚心欢喜，相亲相爱如兄弟。

泾水入渭水变浊，平静之后水底清。你迎新婚心欢喜，说我不洁中伤我。不要到我鱼堰去，不要拨开我鱼篓。如今我身不被容，哪有闲暇顾后人。

河水深深不见底，乘筏乘舟把河渡。河水浅浅清冽冽，趟水游泳把河渡。家中东西有或无，尽心尽力去寻求。乡里乡亲遇灾祸，尽力而为去补救。

如今不再喜爱我，反倒视我如仇敌。我的好意你拒绝，如同货物卖不出。昔日生活多贫穷，我们患难一同度。如今生活已富裕，却视我为大毒草。

美味干菜储藏好，抵御严寒好过冬。你迎新婚心欢喜，原来拿我来挡穷。又是虐待又发火，劳苦之事留给我。夫妻恩情全不顾，旧日之爱尽勾销。

【释义】

《谷风》中有故事，有结构，有主题，是一位遭到丈夫遗弃的妇女在诉说丈夫的忘恩负义和自己的痴情。以"宴尔新昏"为界，前后反复对比。追溯往日同舟共济的岁月，自己艰辛备尝，全力筹措；痛诉今朝鹊巢鸠占，恩仇颠倒，被迫离家。责丈夫无情无义，凶暴反常，句句怨，声声泪，催人泪下。这首诗与本单元中的《氓》一同成为我国反映春秋时代劳动妇女悲惨命运的双璧，让后人不禁感叹爱情的无私和无常。

柏　舟

【原文】

　　泛①彼柏舟，在彼中河。髧彼两髦②，实维我仪③。之死矢靡它④！母也天只⑤，不谅⑥人只！

　　泛彼柏舟，在彼河侧。髧彼两髦，实维我特⑦。之死矢靡慝⑧！母也天只，不谅人只！

——《鄘风》

注解

①泛：浮。　②髧彼两髦：髧(dàn)，头发下垂的样子。两髦(máo)，古时未成年男子的发式，头发从中间分开。　③实维我仪：实，是。维，为。仪，配偶。　④之死矢靡它：之，到。矢，誓。靡，无。　⑤母也天只：也、只，语气词，没有实义。　⑥谅：体谅。　⑦特：配偶。　⑧慝(tè)：改变，变心。

【今译】

　　摇荡着柏木小舟，在那河中漂浮。那位发髻垂着的少年，就是我心之所属的好配偶。我发誓没有二心，至死不渝！叫声妈妈唤声天啊，你真不会体谅人！

摇荡着柏木小舟，在那河滨漂游。那位发髻垂着的少年，就是我心之所属的好配偶。我发誓不会变心，至死不渝！叫声妈妈唤声天啊，你真不会体谅人！

【释义】

这是一首少女的爱恋诗。姑娘看到一位可爱的少年而为之倾倒，选择为配偶，至死不再看中别人。然而母亲却不体谅她的心意，姑娘不得不呼喊出"母也天只，不谅人只！"的悲切之音，这是心灵的呐喊，是直率而纯真的内心倾诉。一边是养育自己的母亲，一边是心仪的少年，姑娘将何去何从？诗中流露的纯情，正是我国民歌传统的一种内涵。

氓

【原文】

氓之蚩蚩①，抱布贸②丝。匪③来贸丝，来即我谋④。送子涉淇⑤，至于顿丘⑥。匪我愆期⑦，子无良媒。将⑧子无怒，秋以为期。

乘彼垝垣⑨，以望复关⑩。不见复关，泣涕涟涟。既见复关，载⑪笑载言。尔卜尔筮⑫，体无咎言⑬。以尔车来，以我贿⑭迁。

桑之未落，其叶沃若⑮。于嗟鸠兮，无食桑葚。于嗟女兮，无与士耽⑯。士之耽兮，犹可说⑰也。女之耽兮，不可说也。

桑之落矣，其黄而陨。自我徂⑱尔，三岁食贫。淇水汤汤⑲，渐车帷裳⑳。女也不爽㉑，士贰其行㉒。士也罔极㉓，二三其德㉔。

三岁为妇，靡室劳矣。夙兴夜寐㉕，靡有朝矣。言既遂㉖矣，至于暴矣。兄弟不知，咥㉗其笑矣。静言思之，躬自悼矣。

及尔偕老，老使我怨。淇则有岸，隰则有泮㉘。总角之宴㉙，言笑晏晏㉚。信誓旦旦㉛，不思其反。反是不思，亦已焉哉！

——《卫风》

注解

①氓之蚩蚩：氓，民。蚩蚩(chī)，笑嘻嘻的样子。　②贸：交换。　③匪：非。　④来即我谋：即，就，接近。谋，商量，这里指商谈婚事。　⑤送子涉淇：涉，渡过。淇，淇水。　⑥顿丘：地名。　⑦愆期：愆(qiān)，错过。期，约定的日期。　⑧将：请。　⑨乘彼垝垣：乘，登上。垝垣(guǐ yuán)，毁坏了的土墙。　⑩复关：地名，诗中男子居住的地方。　⑪载：则，就。　⑫尔卜尔筮：卜，卜卦。筮，用蓍草的梗占卦。　⑬体无咎言：体，卦象。咎言，不吉利的卦辞。　⑭贿：财物，这里指嫁妆。　⑮沃若：润泽柔嫩的样子。　⑯耽：沉迷，迷恋。　⑰说：同"脱"，摆脱。　⑱徂(cú)：往。　⑲汤汤：大水泛

涨，水流盛大的样子。　⑳渐车帷裳：渐，浸湿。帷裳，车饰的帷幔。　㉑爽：差错，过失。　㉒行：行为。　㉓罔极：无常，没有准则。　㉔二三其德：二三，三心二意。德，德行。　㉕夙兴夜寐：夙兴，起得早。夜寐，睡得迟。　㉖遂：安定，遂意。　㉗咥(xì)：大笑的样子。　㉘隰则有泮：隰，即"湿"，河名。泮(pàn)，岸。　㉙总角之宴：总角，古时儿童的发式，借指童年。宴，欢乐。　㉚晏晏：言笑时温婉可爱的模样。　㉛旦旦：诚恳的样子。

【今译】

汉子笑嘻嘻，怀揣布匹来换丝。不是真心把丝换，借机接近谈婚事。那时送你过淇水，送你送到顿丘地。并非我耽搁婚期，是你没请良媒来提亲。请你不要生我气，秋天再来定婚期。

我登上破土墙，向你所在的复关遥望。那儿看不到你的身影，涕泣下流难止息。终于盼见你到来，笑逐颜开心欢喜。你又占卜过后又问卦，卦象吉利无不祥。你驾车儿来，我带嫁妆随你去。

桑树未曾落叶时，枝叶润泽又柔嫩。小斑鸠啊小斑鸠，不要馋嘴吃桑葚。好姑娘啊好姑娘，别沉迷在对男子的爱恋中。男子若为爱沉迷，脱身非难事。女子若为爱痴迷，脱身恐无门。

桑叶开始飘零时，叶儿枯黄又凋零。自从我嫁到你家，三年贫苦受煎熬。淇水奔流浩浩荡荡，打湿了我的车帷幔。作为妻子我本无过错，男人行事却不可靠。男人反复无常，三心二意不纯良。

第三单元　泣涕涟涟

　　三年来做你的妻子，家事繁重终日操劳。起早贪黑每一天，没有一天不如此。生活安定称心意，对我却是很暴戾。兄弟之间不知情，当成笑柄笑话我。静心细想这些事，独自悲伤多忧愁。

　　想和你白头偕老，到头来心生怨恨。淇水虽宽终有岸，隰河再宽也有边。青梅竹马熙熙而乐，说说笑笑情意缠绵。山盟海誓多么恳切，没料想你的心思会改变。过去的无需再留恋，就这样一切都终结！

【释义】

　　被遗弃的妇女在《氓》中叙述了自己恋爱、结婚、受尽羞辱、被遗弃的一连串经历。诗中说到"总角之宴"，喻示着女子初遇男子时尚且年幼；而遭到遗弃时，岁月已经无情地在她身边流去。女子为妇，夙兴夜寐，家境日渐丰裕，负心汉全然忘记以往的"信誓旦旦"，打骂、遗弃，弃妇怎能不"泣涕涟涟"？全诗结尾处，女子终于和这段悲惨的命运决绝，只是那些真心付出的时光，日后想来也只能是一声叹息。

竹　竿

【原文】

籊籊①竹竿，以钓于淇②。岂不尔思？远莫致之③。
泉源④在左，淇水在右。女子有行，远兄弟父母。
淇水在右，泉源在左。巧笑之瑳⑤，佩玉之傩⑥。
淇水滺滺⑦，桧楫⑧松舟。驾言出游，以写⑨我忧。

——《卫风》

注解

①籊籊(tì)：(竹竿)长而尖。　②淇：淇水。　③远莫致之：远，远离。致，达到。　④泉源：水名。　⑤瑳(cuō)：玉色鲜明洁白，这里用来形容含笑露齿的样子。　⑥佩玉之傩：佩玉，佩戴在身上的玉器。傩(nuó)，走起路来婀娜有节奏的样子。　⑦滺滺(yóu)：河水流淌的样子。　⑧桧楫(guì jí)：桧树制成的桨。　⑨写：同"泻"，消除。

【今译】

竹竿尖又长，垂钓在那淇水旁。难道我不思念你？路途漫漫难回乡。

左边是泉源,右边是淇水。姑娘出嫁到远方,远离双亲和兄弟。右边是淇水,左边是泉源。粲然一笑露皓齿,佩玉之身多婀娜。淇水流淌不停歇,桧树作桨松作舟。驾车去远游,以此消除心中的忧愁。

【释义】

卫国的女子出嫁,因离家甚远,思归不得,心中满是忧愁。女子驾车出游,"泉源在左,淇水在右",难忘娘家的双亲和手足之间的情谊,"淇水在右,泉源在左",道旁的风景依然,女子的思绪却难以平复,并非女子的婚姻不幸福,也并非如今的生活多艰苦,她只是想念那个充满脉脉温情的娘家了。

中 谷 有 蓷

【原文】

中谷有蓷①,暵②其乾矣。有女仳离③,嘅其叹矣。嘅其叹矣,遇人之艰难矣!

中谷有蓷,暵其脩④矣。有女仳离,条其歗矣⑤。条其歗矣,遇人之不淑矣!

中谷有蓷,暵其湿⑥矣。有女仳离,啜其泣矣。啜其泣矣,何嗟及矣!

——《王风》

注解

①中谷有蓷:中谷,即谷中,山谷之中。蓷(tuī),益母草。
②暵(hàn):干燥的样子。　③仳(pǐ)离:分离,这里指被遗弃。
④脩(xiū):原意为干肉,这里指干燥。　⑤条其歗矣:条,长。歗(xiào),同"啸",这里也指长叹。　⑥湿(qī):同"曝",晒干的样子。

【今译】

山谷中长着益母草,益母草儿枯干了。有个女子被遗弃,连连叹息。连连叹息啊,嫁个人太艰难啊!

山谷中长着益母草,益母草儿枯槁了。有个女子被遗弃,长长叹息。长长叹息啊,嫁个男人人不好啊!

山谷中长着益母草,益母草儿枯死了。有个女子被遗弃,抽泣流泪。抽泣流泪啊,悲叹也来不及啊!

【释义】

这是一首被遗弃的妇女所作的怨诗。每一章都用山谷中的益母草起兴,随着诗歌内容的发展,益母草从枯干到枯槁,直至枯死,似乎也在揭露妇女内心的痛苦不断加深,对这段爱情的希冀也逐渐被抽干。《毛诗序》中认为这首诗"夫妇日以衰薄,凶年饥馑,室家相弃尔",意在指出妇女是在饥荒之年被丈夫抛弃的,按照这样的说法,妇女不仅受到了"人祸"的打击,更要承受"天灾"的折磨,处境更为艰难。这首诗歌对于后世之人也有一定的警世作用,它提醒沉浸在甜蜜爱情中的人们保持清醒的头脑,谨慎挑选伴侣,不要重蹈遇人不淑的覆辙。

将 仲 子

【原文】

将仲子兮①,无逾我里②,无折我树杞③。岂敢爱④之?畏我父母。仲可怀也,父母之言亦可畏也。

将仲子兮,无逾我墙,无折我树桑。岂敢爱之?畏我诸兄。

仲可怀也，诸兄之言亦可畏也。

将仲子兮，无逾我园，无折我树檀。岂敢爱之？畏人之多言。仲可怀也，人之多言亦可畏也。

——《郑风》

注解

①将仲子兮：将(qiāng)，愿，请。仲子，男子的字。逾，越过，翻越。里，古时候二十五家为一里。　②无逾我里：　③树杞：树，种植。杞(qǐ)，杞柳。　④爱：吝惜，舍不得。

【今译】

请二哥你啊，不要越过我家门户，不要把宅院里的杞树压弯。哪里是我吝惜它？是害怕爹爹和妈妈。心里常把你牵挂，只是父母埋怨多，也让我心中直犯怵。

请二哥你啊，不要翻越我家围墙，不要把宅院里的桑枝折断。哪里是我吝惜它？是害怕我那些兄长。心里常把你牵挂，只是兄长微词多，也让我心中直犯怵。

请二哥你啊，不要翻进我家园子，不要把宅院里的檀树压坏。哪里是我吝惜它？是害怕旁人闲话多。心里常把你牵挂，只是闲言碎语多，也让我心中直犯怵。

【释义】

　　这首诗歌中,姑娘内心充满了矛盾。一方面对青年十分牵挂,"二哥"、"二哥"唤得亲切,另一方面又惧怕父母、兄弟、旁人之言。闲言碎语令姑娘心里直犯怵,不自觉地陷入困扰之中。因此,既央求青年"无逾我里"、"无逾我墙"、"无逾我园",又一再表白"仲可怀也",一个怀着矛盾心情、婉拒情人的姑娘形象跃然纸上。

葛　生

【原文】

葛生蒙楚①,蔹②蔓于野。予美亡此③,谁与独处!
葛生蒙棘④,蔹蔓于域⑤。予美亡此,谁与独息!
角枕粲兮⑥,锦衾⑦烂兮。予美亡此,谁与独旦⑧!
夏之日,冬之夜。百岁之后,归于其居⑨!
冬之夜,夏之日。百岁之后,归于其室!

——《唐风》

注解

①蒙楚：蒙，覆盖。楚，荆树。　②蔹(liǎn)：一种蔓生植物。
③予美亡此：予美，诗中的妇人指代她的丈夫。亡此，不在这里。
④棘：酸枣树。　⑤域：坟地。　⑥角枕粲兮：角枕，用兽骨做装饰的枕头。粲，同"灿"，华美鲜明的样子。　⑦锦衾：用锦缎做的被褥。　⑧独旦：独睡到天亮。　⑨其居：亡夫的坟墓。

【今译】

葛藤覆盖着荆树，蔹草在荒野蔓延。我的丈夫已不在这里，谁来陪伴独自居住！

葛藤覆盖酸枣树，蔹草在坟地蔓延。我的丈夫已不在这里，谁来陪伴独守空房！

兽骨枕头多华美啊，锦缎做的被褥色彩光鲜。我的丈夫已不在这里，谁来陪伴独睡到天明！

夏季酷热难耐，冬季黑夜漫长。我死之后，回到你的坟墓里再和你相伴！

冬季黑夜漫长，夏季酷热难耐。我死之后，回到你的坟墓里再和你相伴！

【释义】

这首诗和《邶风·绿衣》同为我国悼亡诗之祖。诗歌以葛藤覆盖荆树、酸枣树比喻夫妻相依相偎、扶持依赖的关系。而女子的丈夫已经离世,只剩下她形单影只,孤独寂寞,好不悲凉。悲痛的心境使女子陷入对生活困境的恐慌,最直接的便是难耐夏日里酷热的天气和冬夜的漫长。想来并不是丈夫能使夏季凉爽,冬夜缩短,而是他能陪伴女子左右,陪她共渡难关。由此可见,爱情的可贵在于共担风雨,在于互相扶持。对于诗中的女子来说,这些已是妄想,因为那个能替她分担的人已经不在人世,哀伤之情洋溢于整首诗歌中。

第四单元

千耦其耘

"千耦其耘"出自《周颂·载芟》,意为上千对的人一同去除杂草,这该是多么壮观的劳作场面啊!西周及春秋前期的农业已有一定程度的发展,从本单元《七月》《大田》中能看到农业生产在当时与人们的生活息息相关。《载芟》《良耜》中简述了一年的农事活动,开垦土地、播种耕耘、谷物生长、丰收祭神。春耕秋收,处处都是挥汗如雨、热火朝天的劳作场景。

《十亩之间》和《芣苢》写的是采集业,《无羊》记录了畜牧业的情形,《卢令》则是赞美了猎人的俊美仁爱、勇敢多才,可见采集、狩猎、畜牧在当时丰富了农业生产之外的生产形式。

芣 苢

【原文】

采采芣苢①，薄②言采之。采采芣苢，薄言有③之。
采采芣苢，薄言掇④之。采采芣苢，薄言捋⑤之。
采采芣苢，薄言袺⑥之。采采芣苢，薄言襭⑦之。

——《周南》

【注解】

①芣苢(fú yǐ)：有时也写成"芣苡"，植物名称，即车前草，可入药。　②薄：发语词。　③有：采得。　④掇(duō)：拾取。　⑤捋(luō)：成把抹取。　⑥袺(jié)：手持衣襟盛物。　⑦襭(xié)：用衣襟兜取。

【今译】

　　车前子啊采呀采，说采咱就采起来。车前子啊采呀采，快点把它采得来。

　　车前子啊采呀采，快点把它拾起来。车前子啊采呀采，快点把它抹下来。

　　车前子啊采呀采，快点把它掖起来。车前子啊采呀采，快点把它兜起来。

【释义】

　　这是一首写农村妇女采摘车前子的民歌，读来朗朗上口，轻松明快。在描写采摘过程中使用了六个不同的动词，它们两两一组。"采"、"有"是一般性描述，而"掇"、"捋"、"袺"、"襭"这四个动词将采摘车前子的过程作了具体的描写，使采摘的场景十分生动地呈现在我们眼前。

采 蘩

【原文】

于以采蘩①？于沼于沚②。于以用之？公侯之事。

于以采蘩？于涧之中。于以用之？公侯之宫。

被之僮僮③，夙夜④在公。被之祁祁⑤，薄言还归。

——《召南》

注解

①于以采蘩：于以，到哪里去。蘩，白蒿。 ②于沼于沚：沼，池。沚，水塘。 ③被之僮僮：被，女子戴的首饰，用头发编成的假髻。僮僮(tóng)，盛，这里指假髻多的意思。 ④夙夜：早晨和晚上。 ⑤祁祁：假髻繁多的样子。

【今译】

到哪里去采白蒿？在池边和水塘边。什么地方要用它？公侯祭祀要用到它。

到哪里去采白蒿？在山涧之中。什么地方要用它？送到公侯的蚕室里。

养蚕女发髻真不少，早晨晚上都养蚕。养蚕女发髻真不少，差事干完了快回家。

【释义】

这是一首女宫人忙于采摘白蒿供宗庙祭祀之用的诗。白蒿，古代常用来祭祀。诗一开篇就用急促的语言询问"于以采蘩"，"于以用之"，女宫人回答极其简洁，"于沼于沚"、"公侯之事"。短促简洁的答问表现出采摘人的无比繁忙；第二章进一步强化忙碌景象，采摘不仅到水洲中，到池塘旁，而且还要到山涧之中，忙碌的身影到处可见。第三章宗庙供奉突显了采摘人的夙夜辛劳，细节描写更增添无限辛酸。祭祀时发髻光洁祈为贵族降福，而"还归"时发髻已松散拖开，精疲力竭，除了日夜劳作外，又有何福可言？悲凉而已。

卢　令

【原文】

卢令令①，其人美且仁②。

卢重环③，其人美且鬈④。

卢重锤⑤，其人美且偲⑥。

——《齐风》

注解

①卢令令：卢，黑毛猎犬。令令，象声词，猎犬颈下套环发出的响声。 ②其人美且仁：其人，指猎人。仁，善良，仁爱。 ③重环：大环套上一个小环。 ④鬈(quán)：勇敢壮硕。 ⑤重锤(méi)：一个大环套两个小环。 ⑥偲(cāi)：多才，有才干。

【今译】

猎犬铃儿令令响，猎人俊美又仁爱。

猎犬双环挂颈上，猎人俊美又勇敢。

猎犬连环套项上，猎人俊美有才干。

【释义】

《诗经》中有许多记述打猎情景的诗，《卢令》就是其中的一首。诗中赞美了一位俊美的猎人，他善良、勇敢，有才干。这首诗篇幅短小精悍，由猎人外形给人的直观感受到猎人的内在品质，一一呈现。以猎犬奔跑时脖子上的铃铛发出的令令声作衬托，显现猎人的英姿勃发。

十亩之间

【原文】

十亩之间兮，桑者闲闲兮①，行与子还兮②。
十亩之外兮，桑者泄泄③兮，行与子逝④兮。

——《魏风》

注解

①桑者闲闲兮：桑者，采桑的人。闲闲，从容不迫的样子。
②行与子还兮：行，且，将要。还，回去。　③泄泄(yì)：轻松从容的样子。　④逝：去，往。

【今译】

十亩桑园里面呀，采桑之人多悠闲，将要与你一同回去。
十亩之外桑树多，采桑之人多轻松，收工后一同往回走。

【释义】

春秋时魏国种桑很普遍，女子采桑是一项重要劳动。这首诗写桑园之大，采桑女子结伴归来时悠闲轻快的情景。劳动虽然辛苦，

但勤劳的采桑女子不嫌苦,轻松从容的步态、神态反映出她们心境的平和,而诗歌中的六个"兮"字,舒缓了节奏,读起来多了几分悠闲的韵味。

七 月

【原文】

七月流火①,九月授衣②。一之日觱发③,二之日栗烈④。无衣无褐⑤,何以卒岁?三之日于耜⑥,四之日举趾⑦。同我妇子,馌⑧彼南亩,田畯⑨至喜。

七月流火,九月授衣。春日载阳,有鸣仓庚⑩。女执懿筐⑪,遵彼微行⑫,爰求柔桑。春日迟迟⑬,采蘩祁祁⑭。女心伤悲,殆⑮及公子同归。

七月流火,八月萑⑯苇。蚕月⑰条桑,取彼斧斨⑱。以伐远扬,猗彼女桑⑲。七月鸣鵙⑳,八月载绩㉑。载玄载黄,我朱孔阳,为公子裳。

四月秀葽㉒,五月鸣蜩㉓。八月其获,十月陨萚㉔。一之日于貉,取彼狐狸,为公子裘。二之日其同,载缵㉕武功。言私其豵㉖,献豜㉗于公。

注解

①七月流火:七月,指夏历(今之阴历)七月。夏历与周历不同,夏历的正月相当于周历的三月。周人兼用夏历,故此诗中周历、夏历并举。流火,大火星的位置向西下方移动,这是暑天已过,气候逐渐变凉的标志。火,心星,也称太火星。 ②授衣:将裁制寒衣的工作交给妇女去做。 ③一之日觱发:一之日,周历一月的日子,相当于夏历十一月。一,这里是周历一月的简称,下文二、三、四皆同。觱发(bì bō),寒风声。 ④栗烈:同"凛冽",寒气袭人。 ⑤褐(hè):粗布短衣。 ⑥耜(sì):翻土用的农具。 ⑦举趾:抬脚,这里指出发,下地。 ⑧馌(yè):向田间送饭,这里指吃饭。 ⑨田畯:农官,监工,管事。 ⑩仓庚:黄鹂。 ⑪懿筐:深筐。 ⑫微行(háng):小路。 ⑬迟迟:过得慢,这里指日子长。 ⑭祁祁:形容采桑、采蘩的女子之多。 ⑮殆:畏,害怕。 ⑯萑(huán):芦荻。 ⑰蚕月:夏历三月,开始养蚕的月份。 ⑱斨(qiāng):斧类。斧头柄孔圆的叫斧,方的称斨。 ⑲猗彼女桑:猗,斜着向下拉。女桑,柔嫩的枝条。 ⑳鵙(jú):伯劳鸟。 ㉑绩:纺织。 ㉒秀葽:秀是植物结子,葽为植物名,又名远志,可以入药。 ㉓蜩(tiáo):蝉。 ㉔萚:草木的落叶。 ㉕缵(zuǎn):继续。 ㉖私其豵(zōng):打得的小野兽归私人所有。 ㉗豜(jiān):三岁猪,这里泛指大兽。

第四单元　千耦其耘

【原文】

五月斯螽㉘动股，六月莎鸡振羽。七月在野，八月在宇。九月在户，十月蟋蟀入我床下。穹窒㉙熏鼠，塞向墐户。嗟我妇子，曰为改岁㉚，入此室处㉛。

六月食郁及薁㉜，七月亨葵及菽㉝。八月剥㉞枣，十月获稻。为此春酒，以介眉寿㉟。七月食瓜，八月断壶㊱，九月叔苴㊲。采荼薪樗㊳，食㊴我农夫。

注解

㉘斯螽(zhōng)：蚂蚱。　㉙穹窒：堵住窟窿。　㉚改岁：过年。　㉛处：居住。　㉜薁(yù)：野葡萄。　㉝七月亨葵及菽：亨，烹，煮。菽，豆类。　㉞剥(pū)：打。　㉟介眉寿：介，祈求。眉寿，长寿。　㊱断壶：断，摘下。壶，通"瓠"，葫芦。　㊲叔苴：叔，拾取。苴(jū)，秋麻籽，可食。　㊳采荼薪樗：荼(tú)，苦菜。薪，柴。樗(chū)，臭椿树。　㊴食：喂食，这里指养活。

【原文】

九月筑场圃㊵，十月纳禾稼。黍稷重穋㊶，禾麻菽麦。嗟我农夫，我稼既同㊷，上入执宫功㊸。昼尔于茅㊹，宵尔索绹㊺。亟其乘屋，其始播百谷。

二之日凿冰冲冲㊻，三之日纳于凌阴㊼。四之日其蚤，献羔祭韭。九月肃霜，十月涤场㊽。朋酒斯飨㊾，曰杀羔羊。跻㊿彼公堂。

99

称彼兕觥(51)："万寿无疆！"

——《豳风》

注解

㊵场圃：场地。 ㊶重穋：重，晚熟作物。穋(lù)，早熟作物。
㊷同：集中。 ㊸上入执宫功：上，同"尚"，还。宫功，修建宫室。
㊹于茅：割取茅草。 ㊺索绹(táo)：搓绳子。 ㊻冲冲：凿冰声。
㊼凌阴：冰窖。 ㊽涤场：清扫场院。 ㊾朋酒斯飨：朋酒，两樽酒。飨(xiǎng)，同"享"，享用酒宴。 ㊿跻(jī)：登上。
(51)称彼兕觥：称，举起。兕觥(sì gōng)，犀牛角制成的酒器。

【今译】

七月大火星向西移，九月授布妇女做寒衣。十一月里北风呼呼叫，十二月冷气刺骨寒。粗布衣服无一件，叫我如何过冬到年底？来年正月修农具，二月下地春耕忙。老婆孩子一起干，送饭送到地头上，田官看了心欢喜。

七月大火星向西移，九月授布妇女做寒衣。春天太阳暖烘烘，黄莺嘤嘤枝上啼。姑娘们手提深竹筐，走在田间小路上，采摘柔嫩小桑叶。春天白日渐渐长，采摘白蒿忙又忙。姑娘心里暗悲伤，怕的是公子哥儿把人抢。

七月大火星向西移，八月忙着收芦苇。蚕月修理桑树枝，拿起圆孔方孔斧。高枝长条都砍光，拉着枝条摘嫩桑。七月伯劳声声唤，八月开始绩麻忙。织品染黑又染黄，大红颜色反着光，好给公子做衣裳。

四月远志把子结，五月蝉儿枝头唱。八月收割庄稼忙，十月树叶快落光。十一月外出去打猎，猎得狐狸剥下皮，好给公子做皮衣。十二月大伙儿都聚集，继续打猎练武艺。打来小兽归自己，大兽送到公侯处。

五月蚂蚱弹腿响，六月纺织娘抖翅膀。七月蟋蟀野地叫，八月来到屋檐底下唱。九月躲进房门里，十月到我床下藏。堵塞墙洞熏老鼠，涂上泥土封北窗。可叹我的老婆和儿子，眼看就要过年关，暂且住进这间房。

六月里把李儿、山葡萄尝，七月里把葵菜、豆角儿煮。八月快把枣儿打，十月收割庄稼忙。酿造春酒扑鼻香，祝贺老爷寿命长。七月吃点地头拉来的瓜，八月里把葫芦都采光，九月麻子都收起。挖点苦菜砍臭椿，给我吃了度时光。

九月收拾打谷场，十月谷物收进仓。谷子黄米和高粱，粟、麻、豆、麦都收藏。我们农夫真可叹，地里活儿刚做完，又要服役修公房。白天野地里割茅草，晚上搓绳长又长。赶快上房修屋顶，春来播种各种粮。

十二月凿冰冲冲响，正月里往冰窖藏。二月起早祭事忙，献上韭菜和小羊。九月秋高又气爽，十月场地要清扫。双双举杯饮美酒，又要宰杀小羔羊。大家都来进公堂，犀牛角杯高举起，齐声祝颂："万寿无疆！"

【释义】

《七月》是描写豳地农民劳动生活的画卷。正月修理农具,二月开始耕种,女子到陌上采桑。八月开始收割作物,女子忙缫丝、染丝为公子做衣裳。十月把谷物收进仓,酿明春为贵人上寿的酒,田里活计刚忙完,又要服役修公房。十一月去狩猎,猎得狐狸替公子做皮衣。十二月集合训练,凿冰以备明年夏天给贵人消暑降温。诗中还描绘了一年四季节令气候的变化,黄莺鸣春,蝉声噪夜,纺织娘振翅,蟋蟀在野、在户、在堂、在床下。劳动生活与自然现象结合,情景交融,艺术特色鲜明。

《七月》是贵人用作乐章的,自然会加以粉饰,把农民写得安分守己,心甘情愿过为贵人所奴役的生活,这显然不是事实真相。但要了解当时农民一年四季繁重劳动的情况,这首诗还是有一定的参考价值。

无 羊

【原文】

谁谓尔无羊?三百维群。谁谓尔无牛?九十其犉①。尔羊来思,其角濈濈②。尔牛来思，其耳湿湿③。

或降于阿④，或饮于池，或寝或讹⑤。尔牧来思，何⑥蓑何笠，或负其糇⑦。三十维物⑧，尔牲则具。

尔牧来思，以薪以蒸⑨，以雌以雄。尔羊来思，矜矜兢兢⑩，不骞不崩⑪。麾之以肱⑫，毕来既升⑬。

牧人⑭乃梦，众⑮维鱼矣，旐维旟矣⑯。大人占之："众维鱼矣，实维丰年；旐维旟矣，室家溱溱⑰。"

——《小雅》

注解

①犉(rún)：嘴唇黑色的黄牛。　②濈濈(jí)：聚集在一起的样子。　③湿湿：耳朵扇动的样子。　④阿：山坳。　⑤讹：动。　⑥何：同"荷"，穿戴。　⑦糇(hóu)：干粮。　⑧物：颜色。　⑨以薪以蒸：薪，柴草。蒸，细柴。　⑩矜矜兢兢：矜矜，坚强。兢兢，小心翼翼的样子。　⑪不骞不崩：骞，亏损，走丢。崩，溃散，失群。　⑫麾之以肱：麾，同"挥"，指挥。肱，胳膊。　⑬升：进入羊圈。　⑭牧人：牧官，掌管畜牧的官吏。　⑮众：蝗虫。　⑯旐维旟矣：旐(zhào)，龟蛇旗。旟(yú)，鹰隼旗。　⑰溱溱(zhēn)：人丁兴旺的样子。

【今译】

谁说你没有羊？一群就有三百只。谁说你没有牛？黑唇黄牛九十头。你的羊群正走来，角儿挨着角儿一大片。你的牛群正走来，牛儿都把耳朵摆。

有的牛羊正下坡,有的河边饮着水,有的走动有的躺。你们牧人跟上来,身披蓑衣斗笠戴,背上背着干粮袋。牛羊毛色三十种,各色祭牲都齐备。

你们牧人都走来,一路割草又拾柴,公畜母畜安顿好。你的羊儿跑过来,不紧不慢相跟随,不缺不少不掉队。抬起胳膊一挥手,个个跑进羊圈里。

牧官做个稀奇梦,梦见蝗虫变成鱼,龟旗蛇旗变鸟旗。占梦的官来推详:"梦见蝗虫变成鱼,预兆丰年大吉庆;梦见龟旗蛇旗变鸟旗,人丁兴旺家室兴。"

【释义】

这是一首歌颂畜牧业兴旺发达的诗。诗人描写了牛羊成群的情景,放牧时牛羊饮水、休憩,走动时种种姿态栩栩如生,好一幅生动活泼的放牧图。诗歌结尾部分讲述牧官做了个奇妙的梦,占梦的官释梦后发现桩桩都是好兆头,正所谓"日有所思,夜有所梦",想必这位牧官心中惦念着蝗虫不要来,牧草茂盛,牛羊能饱食强壮,牧民的生活因此福泰安康,而梦境恰好是对这种美好向往的寄托。

谁谓尔无羊？三百维群。谁谓尔无牛？九十其犉。尔羊来思，其角濈濈。尔牛来思，其耳湿湿。

第四单元 千耦其耘

大 田

【原文】

大田①多稼,既种既戒②,既备乃事③。以我覃耜④,俶载南亩⑤。播厥百谷,既庭⑥且硕,曾孙是若⑦。

既方既皂⑧,既坚既好,不稂不莠⑨。去其螟螣⑩,及其蟊贼⑪,无害我田稚⑫。田祖有神⑬,秉畀⑭炎火。

有渰萋萋⑮,兴雨祁祁⑯。雨我公田⑰,遂及我私⑱。彼有不获稚⑲,此有不敛穧⑳,彼有遗秉㉑,此有滞穗㉒,伊㉓寡妇之利。

曾孙来止,以其妇子,馌彼南亩,田畯㉔至喜。来方禋祀㉕,以其骍黑㉖,与其黍稷,以享以祀,以介景福㉗。

——《小雅》

注解

①大田:面积广大的农田。　②既种既戒:既种,挑选种子。戒,修配农具。　③既备乃事:既备,已准备完毕。乃,而后。事,从事。　④以我覃耜:覃(yǎn),通"剡",锐利。耜(sì),古时一种农具。　⑤俶载南亩:俶(chù),开始。载,从事。　⑥庭:通"挺",挺直。　⑦曾孙是若:曾孙,周王,这里是针对周朝祖先而言,因而称曾孙。若,顺。　⑧既方既皂:方,

通"房",指谷物生出粟皮。皂,谷实才结成的状态。 ⑨不稂不莠:稂(láng),穗粒空瘪的禾。莠(yǒu),一种长得类似禾的杂草,俗称狗尾草。 ⑩螟螣:螟(míng),吃苗心的小虫。螣(tè),吃叶苗的虫。 ⑪蟊贼:蟊(máo),吃苗根的虫。贼,吃苗节的虫。 ⑫稚:幼禾。 ⑬田祖有神:田祖,稷神。有神,有灵。 ⑭秉畀:秉,拿着。畀(bi),给予。 ⑮有渰萋萋:渰(yǎn),云起的景象。萋萋,通"凄凄",阴云密布的样子。 ⑯祁祁:徐徐。 ⑰公田:属于公家的田。 ⑱私:属于私人的田。 ⑲不获稚:因未成熟而没有割的禾。 ⑳不敛穧:已割但未收拢的禾。穧(jì),收割。 ㉑遗秉:遗漏在田里的成把的禾。 ㉒滞穗:掉落在田里的禾穗。 ㉓伊:是。 ㉔田畯:田官。 ㉕来方禋祀:方,祭四方之神。禋(yīn)祀,用精美洁净的东西祭祀。 ㉖骍黑:骍(xīn),赤色的牲畜。黑,黑色的牲畜。 ㉗以介景福:介,企求。景,大。

【今译】

广阔的农田庄稼多,挑选良种修农具,各项事宜准备好。用我犁头最锋利,便到南田去耕种。播种百谷到田里,苗儿挺直又茁壮,周王顺心喜洋洋。

庄稼抽穗结实籽,颗颗饱满长得好,没有空穗狗尾草。害虫螟螣都除光,蟊贼也都消灭掉,别让它们吃幼禾。多亏稷神显神威,投虫进火一把烧。

天边阴云滚滚来,细雨徐徐落下来。雨水落到公田里,私田

同时也沾到。那边庄稼未成熟,这边庄稼没捆好,那里遗漏几把禾,这里散穗落田里,就让寡妇拾得去。

周王来到大田里,农夫家里的妻儿,送饭到那南郊地,田官心里多欢喜。周王来祭祀四方,祭品有红又有黑,还有小米和高粱,奉请神灵来受祭,以此祈求降洪福。

【释义】

这是一首描述西周时期农业生产和周王祭祀天地神灵、祈求丰年的农事诗。其中对于农事的过程叙述得十分清晰,从准备农具、备耕播种、除草治虫、祈雨收割,一直到祭祀天地神灵,一定程度上反映了当时的农业生产情况。无意中透露出穷人拾穗的救贫之事发人深思,可见救贫之事,古已有之。

载芟

【原文】

载芟载柞①,其耕泽泽②。

诗经选读

千耦其耘③,徂隰徂畛④。
侯主侯伯⑤,侯亚侯旅⑥,侯强侯以⑦。
有嗿⑧其馌,思媚其妇⑨,有依其士⑩。
有略其耜⑪,俶载南亩。
播厥百谷,实函斯活⑫。
驿驿其达⑬,有厌其杰⑭。
厌厌⑮其苗,绵绵其麃⑯。
载获济济⑰,有实其积⑱,万亿及秭⑲。
为酒为醴⑳,烝㉑畀祖妣,以洽百礼㉒。
有飶㉓其香,邦家之光。
有椒其馨,胡考之宁㉔!
匪且有且㉕,匪今斯今,振古㉖如兹!

——《周颂》

注解

①载芟载柞:载,开始。芟(shān),除草。柞,伐去小树。
②泽泽(shì):解散,这里指春耕翻土。　③千耦其耘:耦,二人合耕。千耦,上千对的人合耕,形容人数众多。耘,去除杂草。
④徂隰徂畛:隰(xí),低洼田。畛(zhěn),田间的小道。　⑤侯主侯伯:侯,语助词。主,家长。伯,长子。　⑥侯亚侯旅:亚,次子及次子以下的儿子。旅,指更幼小的一辈人。　⑦侯强侯以:强,壮劳动力。以,用。　⑧嗿(tǎn):众人吃饭的声音。

第四单元 千耦其耘

⑨思媚其妇：思，语助词。媚，亲昵。 ⑩有依其士：依，盛年壮实。士，耕作男子的子弟们。 ⑪有略其耜：略，利，锋利。耜(sì)，古时的一种农具。 ⑫实函斯活：函，蕴藏。活，有生气。 ⑬驿驿其达：驿驿(yì)，通"绎绎"，连续不断的样子。达，破土长出。 ⑭有厌其杰：厌，饱满。杰，先长的突出的苗。 ⑮厌厌：整齐。 ⑯绵绵其麃：绵绵，详密。麃(biāo)，去除禾苗间的杂草。 ⑰济济：形容很多的样子。 ⑱有实其积：实，饱满。积，堆积。 ⑲秭(zǐ)：表示数目极多。 ⑳醴(lǐ)：甜酒。 ㉑烝(zhēng)：进献。 ㉒以洽百礼：洽，合，符合。百礼，各种祭礼。 ㉓馝(bì)：带有香味的食物。 ㉔胡考之宁：胡，寿。考，老。 ㉕且(zǔ)：此，指丰收。 ㉖振古：自古以来。

【今译】

铲除乱草伐去小树，翻土来春耕。

成千对人把杂草除，耕低地，修田埂。

家长带着长子、次子及众儿孙，壮劳力们齐上阵。

狼吞虎咽把饭吃，向送饭妇女表亲昵，子弟盛年多壮实。

犁头真锋利，开始翻南边那块田。

且把百谷来播种，种子蕴藏着生气。

禾苗接连破土出，先出的苗儿多饱满。

密密排列多整齐，间苗除草忙不停。

开镰收割人人忙，粮食堆积塞满仓，不计其数上万亿。

酿成白酒和甜酒,进献先祖和先母,礼仪符合又周到。
进饭进酒多芳香,为我家邦添荣光。
更献椒浆酒一樽,祝福长寿和安康!
不止此处农活忙,不止今年收成棒,自古以来都这样!

【释义】

这是一首祭祀诗,一般以为祭祀诗一定是内容空洞,颂颂而已,这首春祭社(土地神)、稷(农神)的诗中却叙述了一年的农事活动,开垦土地,播种耕耘,谷物生长,丰收祭神。从中我们可以体会到农业生产在当时人们经济生活中的重要性,而农业生产最怕的是大灾荒,最希望的是大丰收,在人们心目中除灾保丰收不仅要靠人力,还要靠神灵的保佑。

良 耜

【原文】

畟畟良耜①,俶②载南亩。

播厥百谷,实函斯活。

或来瞻女③,载筐及筥④,其馌⑤伊黍。

其笠伊纠⑥,其镈斯赵⑦,以薅荼蓼⑧。

荼蓼朽止,黍稷茂止。

获之挃挃⑨,积之栗栗⑩。

其崇如墉,其比如栉⑪,以开百室⑫。

百室盈止,妇子宁止⑬。

杀时犉牡⑭,有捄⑮其角。

以似⑯以续,续古之人⑰。

——《周颂》

注解

①畟畟良耜:畟畟(cè),耜头锋利的样子。耜,古时的一种农具。 ②俶(chù):开始。 ③或来瞻女:瞻,视,探视。女,通"汝",指代耕田的劳动者。 ④筥(jǔ):圆形的竹筐。 ⑤馌(xiǎng):通"饷",送饭给人吃。 ⑥纠:编织,结起。 ⑦其镈斯赵:镈(bó),农具名,用来除草。赵,掘土除草。 ⑧以薅荼蓼:薅(hāo),拔除田里的杂草。荼,陆地上的杂草。蓼(liǎo),水田中的杂草。 ⑨挃挃(zhì):收割作物的声音。 ⑩栗栗:众多的样子。 ⑪其比如栉:比,密集。栉(zhì),梳子和篦子的总称。 ⑫室:这里指谷仓。 ⑬妇子宁止:妇子,妻子和孩子。宁,安心。 ⑭杀时犉牡:时,是。犉(rún),嘴唇黑色的黄牛。 ⑮捄(qiú):通"觩",兽角上方曲而长的样子。 ⑯似:通"嗣",继承。 ⑰古之人:指先祖。

【今译】

耜头磨得好锋利,先到南亩去耕地。
播下各类好种子,颗颗粒粒含生气。
或有人来探视你,手中提着筐和筥,送来喷香黍米饭。
头戴斗笠系系紧,拿起锄头去除草,各种地方都除净。
野草腐烂在田里,稷黍长得更茂盛。
收割作物刷刷响,场上粮食堆成山。
粮垛高高如城墙,密密堆积篅模样,打开粮仓上百间。
间间粮仓都装满,老婆孩子把心放。
杀掉黑唇大黄牛,兽角弯弯好样貌。
年年祭祀社稷神,先祖传统来继承。

【释义】

　　这是一首秋收祭祀社稷神以报生长之功的诗歌。春耕过去,秋收到来,喜获丰收,祀神祈福,反映了大丰收后一片喜庆景象。全诗写得形象生动,黍稷累累结实,镰刀收割刷刷作响,谷物堆得像城堡,着墨虽简淡,但一切如在眼前。

第五单元

与子同仇

爱国主义精神在中华民族的历史中源远流长，产生许许多多英勇悲壮的篇章。《诗经》中的一些诗篇就是爱国诗歌的源头。

梁启超说得好："中华民族所以能数千年维系其文明与国家统一，正因有此爱国之魂传千百年而不绝如缕，时创奇迹。《诗经》之《无衣》、《东山》、《采薇》、《出车》诸诗，皆以昭著民族之御侮护边、保家卫国之精神风采。"

第五单元　与子同仇

伯　兮

【原文】

伯兮朅兮①，邦之桀②兮。伯也执殳③，为王前驱。
自伯之东，首如飞蓬。岂无膏沐④？谁适⑤为容！
其雨其雨，杲杲⑥出日。愿言思伯，甘心首疾。
焉得谖草⑦？言树之背⑧。愿言思伯，使我心痗⑨。

——《卫风》

注　解

①伯兮朅兮：伯，女子称她的丈夫。朅(qiè)，威武健壮的样子。
②桀：通"杰"，才智出众的人。　　③殳(shū)：古代兵器，形如竿，

117

竹制，长一丈二尺。　④膏沐：润发油。　⑤适：悦。
⑥杲杲(gǎo)：光明的样子。　⑦谖(xuān)草：萱草，又名忘忧草。
⑧言树之背：树，种植。背，北堂。　⑨痗(mèi)：病。

【今译】

夫君你啊威武又健壮，是国家的栋梁。夫君你啊手执长殳，为王出征打头阵。

自从夫君东征后，我头发散乱像飞蓬。难道没有润发油？为取悦谁来修饰我颜容！

天天盼望着下雨，偏出明晃晃的大太阳。一心思念夫君你，想得头痛也心甘。

哪儿能得到忘忧草？后院里面种植它。一心思念夫君你，心中烦闷生病痛。

【释义】

这是女子思念远征的丈夫而作的诗。细细品味，诗中女子的感情是很复杂的。首先是想念，以至于无心打理头发，不是没有润发油，而是想为之修饰容颜的人正身在沙场，这便是"女为悦己者容"的最佳体现。其次是担忧，丈夫东征去了，妻子被抛置在孤独与恐惧中，担忧丈夫的安全，这种时时刻刻揪心的忧虑令

第五单元 与子同仇

她不安。但在这首表达思念之情的《伯兮》中，还能发现第三种情感，那就是自豪感。从第一章就能看出妻子为威武健壮、打头阵的丈夫感到由衷的骄傲，我们仿佛能看到女子的丈夫在战场英勇杀敌，仿佛能听到行军时雄壮的步点。哪怕面对着牺牲的危险也毫不退缩，保家卫国，责无旁贷，这便是将士们的使命感和荣誉感。而这种使命感和荣誉感也影响到在家中的妻子，于是便有了诗中复杂的情绪。

无　衣

【原文】

岂曰无衣？与子同袍①。王于兴师②，修我戈矛，与子同仇③！
岂曰无衣？与子同泽④。王于兴师，修我矛戟，与子偕作⑤！
岂曰无衣？与子同裳。王于兴师，修我甲兵⑥，与子偕行！

——《秦风》

注解

①袍：战袍。　②王于兴师：于，语气助词，没有实义。兴师，动兵打仗。　③同仇：一同杀敌。　④泽：贴身衣物。　⑤偕作：一起行动。　⑥甲兵：盔甲，兵器。

【今译】

谁说我们没衣衫？与你战袍合着穿。国家出兵去打仗，赶快修好戈和矛，和你齐心把敌杀！

谁说我们没衣衫？与你汗衫合着穿。国家出兵去打仗，赶快修好戟和矛，和你并肩同行动！

谁说我们没衣衫？与你战裙合着穿。国家出兵去打仗，修好盔甲和兵器，和你一同上战场！

【释义】

这是一首秦国的军中歌谣，抒发了秦国人慷慨从军、毅然决然的爱国主义情怀。士兵们相互友爱，同仇敌忾，斗志昂扬，表现出战无不胜的英勇气概。秦国在西边，地处偏远，毗邻西戎，常有外敌入侵，锤炼出士兵具有勇于克敌制胜的豪迈精神。后来军人相称"同袍"、"同泽"、"袍泽"，表示互相友爱，便由此诗出典。

第五单元 与子同仇

东 山

【原文】

我徂东山①,慆慆②不归。我来自东,零雨其濛。我东曰归,我心西悲③。制彼裳衣,勿士行枚④。蜎蜎者蠋⑤,烝⑥在桑野。敦⑦彼独宿,亦在车下。

我徂东山,慆慆不归。我来自东,零雨其濛。果臝⑧之实,亦施于宇⑨。伊威⑩在室,蠨蛸⑪在户。町畽鹿场⑫,熠耀宵行⑬。不可畏也,伊可怀也。

注解

①我徂东山:徂,往。东山,诗中军人出征的地方。 ②慆慆(tāo):久。 ③西悲:东征战士家在西边,因此向西而悲。 ④勿士行枚:士,通"事",从事。行枚,行军时衔在口中的小竹棍,以保证不出声。 ⑤蜎蜎者蠋:蜎蜎(yuān),蚕虫蜷曲爬行的样子。蠋(zhú),一种野蚕。 ⑥烝:久。 ⑦敦:团状,这里指士兵蜷缩成一团睡在车下。 ⑧果臝(luǒ):又名栝楼,葫芦科植物。 ⑨亦施于宇:施(yì),蔓延。宇,屋檐。 ⑩伊威:土鳖虫。 ⑪蠨蛸(xiāo shāo):蟢蛛。 ⑫町畽鹿场:町畽(tǐng tuǎn),田舍旁的场地,野兽践踏过的地方。鹿场,鹿往来的场地。 ⑬熠耀宵行:熠耀,磷火。宵行,夜间流动。

【原文】

我徂东山，慆慆不归。我来自东，零雨其濛。鹳鸣于垤⑭，妇叹于室。洒扫穹窒，我征聿⑮至。有敦瓜苦⑯，烝在栗薪⑰。自我不见，于今三年。

我徂东山，慆慆不归。我来自东，零雨其濛。仓庚于飞，熠耀其羽。之子于归，皇驳⑱其马。亲结其缡⑲，九十⑳其仪。其新孔嘉，其旧如之何？

——《豳风》

注解

⑭垤(dié)：小土堆。　⑮聿：语气助词。　⑯有敦瓜苦：敦，圆球形。瓜苦，苦，通"瓠"，瓠瓜，一种葫芦，古人结婚时剖瓠瓜成两张瓢，夫妇各执一瓢盛酒漱口。　⑰栗薪：同"束薪"，一堆柴火。　⑱皇驳：皇，毛色黄白相杂的马。驳，毛色赤白相杂的马。　⑲亲结其缡：亲，女子的母亲。结缡(lí)，女子出嫁时，母亲将佩巾系结在女儿身上。　⑳九十：表示数量多。

【今译】

我到东山去打仗，久久不得回家乡。如今我从东方来，濛濛细雨落纷纷。我从东方回家去，向着西方心悲切。缝上一件家常衣，不再衔枚把兵当。野蚕蜷曲一团团，田野桑树上面爬。孤身蜷缩成一团，露宿车底把身藏。

第五单元　与子同仇

我到东山去打仗，久久不得回家乡。如今我从东方来，细雨濛濛落纷纷。料想栝楼结了果，藤儿蔓延到屋檐。屋内全是土鳖虫，蟢蛛门上结了网。舍旁场地鹿来往，磷火流动闪着光。家园凄凉不可怕，时时刻刻在牵挂。

我到东山去打仗，久久不得回家乡。如今我从东方来，细雨濛濛落纷纷。老鹳鸣叫土堆上，妻子叹息守空房。打扫屋子塞鼠洞，盼着我能早还乡。两瓢瓠瓜圆溜溜，想必还放柴堆上。自我离家没见她，至今整整三年长。

我到东山去打仗，久久不得回家乡。如今我从东方来，细雨濛濛落纷纷。黄莺飞上又飞下，羽毛鲜明闪闪亮。回想妻子出嫁时，迎亲花马多光亮。娘为女儿结佩巾，礼仪繁多忙又忙。新婚过门多美好，久别重逢会怎样？

【释义】

《东山》是长期征战在外、终于解甲归田的士兵在还乡途中的思乡诗。诗中叙述了从军的艰辛，今日得归后的悲喜交集；设想阔别已久的家，田园荒芜；想象妻子盼征人早日归家团聚；回忆离家前甜蜜的新婚生活。全诗表达了对战争的厌倦，对和平生活的向往。四章开头四句全部相同，设置了一个阴雨连绵的环境，在这种环境中思念家乡，思念爱妻，多了一份浓郁悲凉的抒情色彩。

有研究者称《东山》的大背景是周公东征平定叛乱的历史，

有人甚至说这首诗就是周公的大手笔,这只是一说而已。周朝建立不久,发生了一场大动乱,东方直到淮水下游大片地区都失去控制。周公东征三年,好不容易才把这场大乱平息。这件惊天动地的大事,经历的人一定记忆犹新,少不了将它写入诗歌。然而这首诗并非记东征经过的叙事诗,而是战士凯旋途中思念故土、思念亲人的抒情之作,情意绵绵。

破　斧

【原文】

　　既破我斧,又缺我斨①。周公东征,四国是皇。哀我人斯,亦孔之将。

　　既破我斧,又缺我锜②。周公东征,四国是吪③。哀我人斯,亦孔之嘉。

　　既破我斧,又缺我銶④。周公东征,四国是遒⑤。哀我人斯,亦孔之休。

——《豳风》

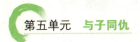

第五单元　与子同仇

注解

①又缺我斨：缺，缺口。斨(qiāng)，方孔的斧。　②锜(qí)：类似于三齿锄的武器。　③吪(é)：感化。　④銶(qiú)：像锹一样的兵器。　⑤遒：稳定。

【今译】

我的斧头战破了，我的方孔斧缺了口。周公率军去东征，四国听闻都恐慌。可怜我们从军的人，总算命大能回家。

我的斧头战破了，我的三齿锄有缺口。周公率军去东征，四国臣民被感化。可怜我们从军的人，活着回来是好事。

我的斧头战破了，我的锹儿也有缺口。周公率军去东征，四国局势已稳定。可怜我们从军的人，能够生还算是美事。

【释义】

这是一首随同周公东征平叛的战士庆幸自己生还的诗歌。周灭商后，武王把殷地分为三部，命令自己的兄弟管叔、蔡叔、霍叔各领一部。纣王之子武庚被封为诸侯，受武王三位兄弟的监视。武王死后，成王立。因成王年少，由武王同母弟周公摄政。后来武庚联合管、蔡起兵反周，周公率军东征，平定叛乱。从诗里战士的描述中，我们能看出战争是何等激烈，而周公东征虽为形势所迫，但也不能不说是英明、正义之举。对于战士个人来说，还有什么比打了胜仗，又得以生还更值得庆幸呢？

采 薇

【原文】

采薇①采薇，薇亦作止②。曰归曰归，岁亦莫③止。靡室靡家，狁④之故。不遑启居⑤，狁之故。

采薇采薇，薇亦柔⑥止。曰归曰归，心亦忧止。忧心烈烈⑦，载饥载渴。我戍⑧未定，靡使归聘⑨。

采薇采薇，薇亦刚⑩止。曰归曰归，岁亦阳⑪止。王事靡盬⑫，不遑启处⑬。忧心孔疚⑭，我行不来⑮！

彼尔⑯维何？维常之华。彼路⑰斯何？君子之车。戎车⑱既驾，四牡业业⑲。岂敢定居？一月三捷⑳。

驾彼四牡，四牡骙骙㉑。君子所依，小人所腓㉒。四牡翼翼㉓，象弭鱼服㉔。岂不日戒？狁孔棘㉕！

昔我往矣，杨柳依依㉖。今我来思，雨雪霏霏㉗。行道迟迟，

第五单元　与子同仇

载渴载饥。我心伤悲，莫知我哀！

——《小雅》

注解

①薇：野豌豆。　②薇亦作止：亦，语气助词，没有实义。作，生长。止，语气助词，没有实义。　③莫：通"暮"，这里指年末。　④狁(xiǎn yǔn)：一个北方民族的族名，即秦、汉时期的匈奴。　⑤不遑启居：遑，空闲，闲暇。启居，古人的两种坐姿，古人跪和坐都是双膝着地，伸直腰部称"启"，臀部放在脚跟上坐稳称"居"。　⑥柔：柔嫩。　⑦烈烈：忧心如焚的样子。　⑧戍：驻守。　⑨聘：问候。　⑩刚：坚硬，这里指豆苗长老了。　⑪阳：指夏历十月。　⑫盬(gǔ)：止息。　⑬启处：和启居的意思相同。　⑭孔疚：孔，很。疚，病，苦。　⑮来：归。　⑯尔：花开得茂盛的样子。　⑰路：同"辂"，大车。　⑱戎车：战车。　⑲四牡业业：牡，雄兽，这里指驾车的公马。业业，强壮的样子。　⑳捷：作战胜利。　㉑骙骙(kuí)：马强壮威武的样子。　㉒腓(féi)：隐蔽，遮蔽。　㉓翼翼：排列整齐的样子。　㉔象弭鱼服：弭(mǐ)，弓两端受弦处。鱼服，鱼皮制作的箭袋。　㉕棘：急，危急。　㉖依依：柳枝随风摆动的样子。　㉗霏霏：雪下得很密集的样子。

【今译】

采薇菜呀采又采，薇菜芽刚冒出来。说回家啊说回家，转眼就已到年底。似是无家亦无室,狁来犯惹的祸。坐下休息都无暇,

127

猃狁来犯把仗打。

采薇菜呀采又采,薇菜长得柔又嫩。说回家啊说回家,心中感慨多忧愤。心中忧愤如火焚,又饥又渴真难受。驻防之地说不定,无法传信问候人。

采薇菜呀采又采,薇菜已是粗又老。说回家啊说回家,转眼就到小阳春。王室差事无穷尽,坐下休息不安身。心绪忧愁多痛苦,唯恐难以再返乡!

什么花儿开得好?那是鲜艳常棣花。那是何人的大车?那是将军乘车马。战车已经准备好,四匹马儿高又壮。哪敢安居歇歇脚?一月三战打胜仗。

驾起四匹大公马,四匹马儿多雄壮。将军坐在车子上,庇护士兵齐进发。四匹马儿多威武,鱼皮箭袋随身带。天天哪敢不警戒?猃狁侵犯太猖狂!

想起当年出征前,杨柳枝条随风摆。如今踏上回家路,大雪纷纷漫天舞。一路慢慢腾腾走,又饥又渴实难受。心中凄凉又悲伤,我的忧伤谁能懂!

【释义】

这是戍边士兵久战归来的诗歌。既抒写了戍边战士思家的心情,又表现出热爱国家、反抗异族的战斗激情。战士反抗的是猃狁的侵扰,商末周初的鬼方后被周人称为猃狁,他们经常出没于

周丰镐的西边或北边。周成王时曾伐鬼方,一次俘人一万三千多,战争之激烈可想而知,穆王时又大败猃狁。到周厉王末年,猃狁又猖獗起来,最后被周宣王驱逐。这期间关于出征猃狁的诗大多保存在《小雅》中,《采薇》是其中最重要的一篇。这首诗有很高的艺术成就,"昔我往矣,杨柳依依。今我来思,雨雪霏霏"成了出征之人思家之情的千古绝唱。

出 车

【原文】

我出我车,于彼牧①矣。自天子所,谓我来矣。召彼仆夫②,谓之载矣。王事多难,维其棘③矣。

我出我车,于彼郊矣。设此旐④矣,建彼旄矣⑤。彼旟旐斯⑥,胡不旆旆⑦?忧心悄悄⑧,仆夫况瘁⑨。

王命南仲,往城于方。出车彭彭⑩,旂旐央央⑪。天子命我,城彼朔方。赫赫⑫南仲,猃狁于襄⑬。

昔我往矣,黍稷方华⑭。今我来思,雨雪载涂⑮。王事多难,不遑启居。岂不怀归?畏此简书⑯。

喓喓⑰草虫,趯趯阜螽⑱。未见君子,忧心忡忡。既见君子,我心则降⑲。赫赫南仲,薄伐西戎。

春日迟迟⑳,卉木萋萋㉑。仓庚喈喈㉒,采蘩祁祁㉓。执讯获丑㉔,言还㉕归。赫赫南仲,玁狁于夷㉖。

——《小雅》

注解

①牧:郊外。　②仆夫:驾车的人。　③棘:同"急",紧急。　④旐(zhào):龟蛇旗。　⑤建彼旄矣:建,立。旄(máo),装饰有牦牛尾的曲柄旗。　⑥彼旟旐斯:旟(yú),鹰隼旗。斯,语尾助词。　⑦旆旆(pèi):飘扬的样子。　⑧悄悄:忧愁的样子。　⑨况瘁:憔悴。　⑩彭彭:众多的样子。　⑪旂旐央央:旂(qí),绘有蛟龙图案的旗帜。央央,鲜明的样子。　⑫赫赫:威名显赫的样子。　⑬玁狁于襄:玁狁(xiǎn yǔn),一个北方民族的族名,即秦、汉时期的匈奴。襄,同"攘",平息,扫除。　⑭华:茂盛。　⑮涂:泥浆。　⑯简书:天子策命。　⑰喓喓(yāo):昆虫的叫声。　⑱趯趯阜螽:趯趯(tì),蹦蹦跳跳的样子。阜螽(zhōng),蚱蜢。　⑲降:安心。　⑳迟迟:日子长的样子。　㉑萋萋:草木茂盛的样子。　㉒喈喈(jiē):鸟鸣声。　㉓采蘩祁祁:蘩,白蒿。祁祁,众多的样子。　㉔执讯获丑:执讯,捉住间谍。获,"馘"的假借字,割耳朵。丑,对敌人的蔑称。　㉕还:通"旋",凯旋。　㉖夷:平定。

【今译】

我把战车驾出来,来到郊外畜牧地。我从天子处所来,天子命我到这里。召集那些驾车人,快把东西都装齐。国家边境患难多,事情紧迫莫迟疑。

我把战车驾出来,来到那边的郊区。先插上那龟蛇旗,再将旄尾杆上立。那些旐旗和旟旗,为何下垂不飘扬?我心不禁暗忧愁,车夫容貌显憔悴。

周王派南仲为主将,率兵去建朔方城。战车一辆接一辆,旟旗旐旗迎风飘。天子下令派遣我,在那朔方筑城墙。赫赫南仲威名扬,赶去狎狁安边疆。

当年离家出征时,黍稷长得正茂盛。如今我又回家来,雨雪纷飞满路途。国家边境患难多,哪能安居返故乡。有谁不想返故乡?怕的是天子策命。

野外昆虫喓喓叫,蚱蜢蹦蹦又跳跳。没有见到那人面,忧愁忧思满心中。已经见到那人面,心中平静又轻松。赫赫南仲威名扬,征讨西戎立大功。

春天太阳漫漫长,草木葱葱又茂盛。黄莺声声相和鸣,从从容容采白蒿。捉住间谍审俘兵,凯旋回朝多欢欣。赫赫南仲威名扬,从此狎狁祸患平。

【释义】

这是一首歌颂英勇战士讨伐狎狁与西戎,大获全胜后凯旋而归的诗。全诗共六章,内容分别是:表述出师的原因;有所忧虑,表达了忧患思想;军容威武,能克敌制胜;伐狎狁筑朔方;伐西戎;得胜凯旋。所叙之事头绪纷繁,有情有景,有事有物有人,然而一路道来,竟井然有序,浑然一体。

率领出征大军的是大将南仲。历史上有两个南仲,一般认为这是周宣王时的南仲。西周末年,周厉王统治残暴,国人起义,将其推翻,国内大乱,外敌入侵。周宣王即位,派兵北伐狎狁,南征荆蛮,讨西戎,伐淮南夷人,号称"宣王中兴",这首诗就是在这样的历史背景中诞生的。

采 芑

【原文】

薄言采芑①,于彼新田②,呈此菑亩③。方叔涖④止,其车三千。师干之试⑤,方叔率止,乘其四骐⑥。四骐翼翼⑦,路车有奭⑧。

簟茀鱼服⑨，钩膺鞗革⑩。

> 注解
>
> ①芑(qǐ)：一种类似苦菜的野菜。　②新田：新开垦的田地。
> ③菑(zī)亩：刚开垦的田地。　④涖(lì)：同"莅"，莅临。
> ⑤师干之试：干，盾。试，练习，演习。　⑥骐：青黑花纹的马。
> ⑦翼翼：整齐的样子。　⑧路车有奭：路车，大车。奭(shì)，红。
> ⑨簟茀鱼服：簟茀(diàn fú)，竹篾制的车帘。鱼服，鱼皮制成的箭袋。　⑩钩膺鞗革：钩膺，带有铜制钩饰的马胸带。鞗(tiáo)革，皮革制成的马缰绳，末端有铜饰。

【原文】

薄言采芑，于彼新田，于此中乡⑪。方叔涖止，其车三千。旂旐央央⑫，方叔率止，约軝错衡⑬。八鸾玱玱⑭，服其命服⑮。朱芾⑯斯皇，有玱葱珩⑰。

> 注解
>
> ⑪中乡：田地中。　⑫旂旐央央：旂(qí)，绘有蛟龙图案的旗帜。旐(zhào)，龟蛇旗。　⑬约軝错衡：约軝(qí)，束住车毂。错，花纹。衡，车辕前端的横木。　⑭玱玱(qiāng)：象声词，金玉撞击声。　⑮服其命服：服，穿。命服，礼服。　⑯芾(fú)：通"韨"，皮制的蔽膝，类似围裙。　⑰葱珩(héng)：绿色的佩玉。

【原文】

鴥彼飞隼⑱，其飞戾⑲天，亦集爰止。方叔涖止，其车三千。师干之试，方叔率止，钲⑳人伐鼓，陈师鞠旅㉑。显允㉒方叔，伐鼓渊渊㉓，振旅阗阗㉔。

蠢尔蛮荆，大邦为仇。方叔元老，克壮其犹㉕。方叔率止，执讯获丑㉖。戎车啴啴㉗，啴啴焞焞㉘，如霆如雷。显允方叔，征伐玁狁，蛮荆来威㉙。

——《小雅》

注解

⑱鴥彼飞隼：鴥(yù)，鸟疾速飞翔的样子。隼(sǔn)，鹞鹰一类的猛禽。　⑲戾：到达。　⑳钲：在作战操练时,摇钲表示停止。　㉑陈师鞠旅：陈，陈列。鞠，训告，宣誓。　㉒显允：英明而有信。　㉓渊渊：象声词，击鼓声。　㉔振旅阗阗：振旅，操练队伍。阗阗(tián)，击鼓声。　㉕克壮其犹：克，能。犹，通"猷"，计谋。　㉖执讯获丑：执讯，捉住间谍。获，"馘"的假借字，割耳朵。丑，对敌人的蔑称。　㉗啴啴(tān)：兵车行进的声音。　㉘焞焞(tūn)：车马行进的声音。　㉙威：畏。

【今译】

采苦菜呀采苦菜，苦菜采到新田里，在这初耕田亩间。大将方叔亲莅临，战车整整有三千。战士舞盾忙操练，方叔亲自来统率，

第五单元　与子同仇

驾着骐马行在先。四匹马儿排列齐，朱漆戎车红艳艳。鱼皮箭袋竹席帘，胸带缰绳有铜饰。

采苦菜呀采苦菜，苦菜采到新田里，苦菜采到田地中。大将方叔亲莅临，战车整整有三千。龟蛇龙旗齐飘扬，方叔亲自来统率，车毂车衡装饰全。八个车铃响叮当，主将礼服身上穿。红色蔽膝多光鲜，玉佩锵锵响声传。

鹰隼振翅快如箭，高飞直达九重天，忽而飞落栖地面。大将方叔亲莅临，战车整整有三千。战士舞盾忙操练，方叔亲自来统率，钲人击鼓号令传，摆开阵势宣誓言。英名有信我方叔，击鼓咚咚号令传，振旅鼓响声喧阗。

南方荆蛮愚又蠢，敢同大国结仇怨。方叔可是元老臣，足智多谋善用兵。方叔亲自来统率，捉住间谍审俘兵。战车前进声隆隆，隆隆车声不间断，势如雷霆响九天。威风凛凛我方叔，曾伐猃狁节节胜，荆蛮闻名皆畏服。

【释义】

这是盛赞周王朝大将方叔振旅南征、威震荆蛮的颂诗。写了出征军队规模大，军容壮，声势盛；写了方叔治军的卓越才能和无坚不摧的取胜信心，展示出的是一支威慑力强大的队伍。"蠢尔蛮荆，大邦为仇"，"征伐猃狁，蛮荆来威"，气势如虹，有《诗经》研究者评价这首诗"振笔挥洒，辞色俱厉，有泰山压卵之势"。

在我国历史上，诸夏(中原)与北方的猃狁(鬼方、匈奴)和南方荆楚在文化走势上大不相同。对前者是征讨，对后者是融合。楚君在周成王时已受周封，在西周时已用诸夏文字，最后创造出委婉音节、缠绵情绪、辞藻缤纷的"楚辞"文学，在我国的文化史上作出重大贡献。

第六单元

硕鼠硕鼠

在第四单元《七月》一诗中，我们看到农民一年四季辛勤劳动，受尽贵族的剥削压迫。贵族必须吃饭，必须穿衣，必须有房子住，这一切都从剥削人民、劳役人民而得。古时的赋役有所谓布缕之征、粟米之征、力役之征，其中力役之征最为繁重。贵族贪得无厌，人民把他们比之于"硕鼠"。从西周末到春秋时期，各国对内对外战争多起来，人民劳役、兵役的负担加重，这在《风》诗里有所反映。早在西周末期，周王室开始衰落。周厉王暴虐，人民实在活不下去，就起义把他赶走。当时"民不堪命"的情况，《民劳》一诗中作了真实反映。

第六单元 硕鼠硕鼠

羔 羊

【原文】

羔羊之皮,素丝五纮①。退食自公②,委蛇③委蛇。

羔羊之革,素丝五緎④。委蛇委蛇,自公退食。

羔羊之缝,素丝五总⑤。委蛇委蛇,退食自公。

——《召南》

注解

①素丝五纮:素丝,白丝。纮(tuó),量词,丝数,一纮为二十五缕。 ②公:公门。 ③委蛇(wēi yí):同"逶迤",悠闲得意、摇摆漫步的样子。 ④緎(yù):缝合。 ⑤总:打结。

【今译】

穿了一身羔羊裘,白丝用了二十五缕。吃饱之后出公门,摇摆漫步多逍遥。

穿了一身羔羊袄,把白丝缝合在一起。悠闲得意多逍遥,吃饱之后出公门。

穿了一身羔羊袍,把白丝扎在一起打结。摇摆漫步多逍遥,吃饱之后出公门。

【释义】

这是一首讽刺诗,讽刺贵族官吏们衣裘食公,吮吸人民血汗的寄生生活。全诗无一句斥责和控诉,而是推出了一批活生生的形象,启人思考。这些形象并未细绘细描,只是粗线条勾勒,已跃然纸上。这些大人们穿的是羊皮裘、羊皮袄、羊皮袍,食的是公餐佳肴,走路是悠闲踱步乐逍遥,俨然不可一世的模样,实质是可憎可恶,一副丑态,尤其是"委蛇委蛇"的模样,更是装模作样,令人作呕,与劳作者食不果腹、衣不蔽体的贫困生活形成人间不公平的鲜明对照。三章诗回环咏叹,逐笔增添绘形的分量与色彩,留给读者无尽的思考。

小 星

【原文】

嘒①彼小星,三五在东②。肃肃宵征③,夙夜在公。寔④命不同!
嘒彼小星,维参与昴。肃肃宵征,抱衾与裯⑤。寔命不犹⑥!

——《召南》

注解

①嘒(huì):形容光芒微弱,闪闪烁烁。 ②三五在东:三,即参星,由三颗星组成。五,昴星,由五颗星组成。 ③宵征:夜晚赶路。 ④寔:即"实",这。 ⑤抱衾与裯:衾,被子。裯(chóu),床帐。 ⑥不犹:不如。

【今译】

小小星星微光闪烁,三个五个在东方闪着。匆匆忙忙赶夜路,从早到晚都为公。命运不相同!

小小星星微光闪烁,参星昴星挂在天上。匆匆忙忙赶夜路,抛撒被子和床帐。我的命运不如别人!

【释义】

　　这是一首小臣行役自诉苦衷的诗。"劳者歌其事",小臣办事劳苦,披星戴月,夙夜奔走,哀叹命运之不佳。诗前两句写景,后两句叙事,由景及事,最后发出沉重的感叹。诗的一、二章写景,自然中有些微变化。同是"小星",第一章写"三五在东"。凌晨上道,睡眼惺忪,只见小星发出微光,却叫不出星名。第二章写"维参与昴",凌晨上路多了,察以时日,认识了熟悉的星,叫出了星名。可见写景中也透露了辛苦之意。小臣非偶然劳苦几次,而是经常如此操劳。诗后两句叙事,真切中也有些微变化,同是疾走,第一章强调"夙夜在公",白天黑夜为公家操劳,第二章写"抱衾与裯"。"抱",是古"抛"字,因夙夜在公,只得抛弃家室的温暖。在写景叙事基础上由衷地哀叹自己命运的可怜和凄惨。读来如见小星下行役者劳苦行进的身影。

式微

【原文】

　　式微①,式微,胡②不归?微君之故③,胡为乎中露④?

式微,式微,胡不归?微君之躬⑤,胡为乎泥中?

——《邶风》

注解

①式微:式,发语词,没有实义。微,幽暗不明,指天黑。　②胡:为什么。　③微君之故:微,不是。故,差事。　④中露:露中,露水之中。　⑤躬:身体。

【今译】

天已黑,天已黑,为什么还不回家呢?不是君王的差事苦,为什么在寒露中受罪?

天已黑,天已黑,为什么还不回家呢?不是为了你君王身,为什么在泥浆中受罪?

【释义】

这是一首怨诗。东周朝政衰微,诸侯分崩离析,人民不堪劳役之苦。诗中以一连串的提问发泄心中无穷的怨气。日夜劳作,露里受淋,泥中奔波,苦不堪言,为的都是"君王"事。两章的最后一句道破了苦累的根源。诗不仅表达抱怨心情,更是控诉不平。

君子于役

【原文】

君子于役①,不知其期。曷至哉②?鸡栖于埘③,日之夕矣,羊牛下来。君子于役,如之何勿思!

君子于役,不日不月。曷其有佸④?鸡栖于桀⑤,日之夕矣,羊牛下括⑥。君子于役,苟⑦无饥渴?

——《王风》

注解

①君子于役:君子,这里指女子对丈夫的尊称。役(yì),劳役。 ②曷至哉:曷(hé),何时。至,回家。 ③埘(shí):在墙上凿出的鸡窝。 ④佸(huó):相聚。 ⑤桀(jié):通"橛",木栏搭成的鸡栏。 ⑥括:同"佸",相聚。 ⑦苟:表希望,但愿。

【今译】

夫君远方去服役,不知多长是限期。何日才能回家里?鸡儿进窝去栖息,已近黄昏落日时,牛羊下山进圈急。夫君远方去服役,叫我如何不想你!

君子于役,不知其期。曷至哉?

第六单元　硕鼠硕鼠

夫君远方去服役，归期无定别离长。何时团圆聚一堂？鸡儿栖息在木桩，已近黄昏无阳光，牛羊下坡进栏忙。夫君服役去远方，会否饥渴饿肚肠？

【释义】

这是日暮之时一位农妇对远方服役的丈夫倾诉思念之情的诗。思念的场景充满村野暮色的气氛。日落西山，鸡群、羊牛群纷纷归来，唯独丈夫服役在外，见景生愁，盼夫归来，是人之常情。然而情之难抑更在于丈夫"不知其期"，"不日不月"，连归来的期限都毫不知晓，只能用两个问句直接倾诉思夫之情。无论怎样思念，仍然不知归期，在无可奈何的情况下，只能期盼丈夫不受"饥渴"之扰。既直抒胸臆，又委婉作结；触物起情，借物言情，把傍晚时分怀念亲人的真情表达得朴素自然，生动感人。

伐　　檀

【原文】

坎坎伐檀兮①，寘之河之干②兮，河水清且涟猗③。不稼不穑④，胡取禾三百廛兮⑤？不狩不猎，胡瞻尔庭有县貆兮⑥？彼君子兮，不素餐⑦兮！

坎坎伐辐⑧兮，寘之河之侧兮，河水清且直猗。不稼不穑，胡取禾三百亿⑨兮？不狩不猎，胡瞻尔庭有县特⑩兮？彼君子兮，不素食兮！

坎坎伐轮兮，寘之河之漘⑪兮，河水清且沦⑫猗。不稼不穑，胡取禾三百囷⑬兮？不狩不猎，胡瞻尔庭有县鹑⑭兮？彼君子兮，不素飧⑮兮！

——《魏风》

注解

①坎坎伐檀兮：坎坎，砍伐树木的声音。檀，檀树。　②寘之河之干兮：寘，同"置,堆放。干，岸。　③河水清且涟猗：涟，风吹水面形成的波纹。猗，语气助词，没有实义。　④不稼不穑：稼，种植庄稼。穑，收割庄稼。　⑤胡取禾三百廛兮：禾，稻谷，粮食。廛(chán)，同"缠"，束，捆。　⑥胡瞻尔庭有县貆兮：县，同"悬"，挂。貆(huán)，猪獾。　⑦素餐：不劳而食，白吃饭不干活。　⑧辐：连接车轮轴心和外轮的辐条。　⑨亿：形容禾把的数目众多。　⑩特：三岁的兽。　⑪漘(chún)：水边。　⑫沦：水波。　⑬囷(qūn)：圆形的粮仓。　⑭鹑：鹌鹑。　⑮飧(sūn)：熟食。

第六单元　硕鼠硕鼠

【今译】

叮叮咚咚砍檀树，棵棵堆放河岸边，河水清澈微波转。不种庄稼不收割，为何占粮难计量？不出狩来不打猎，为何猪獾挂你院？那些贵族老爷们，从不白白吃闲饭！

砍制车辐响叮咚，车辐堆放河岸旁，河水清澈直流淌。不种庄稼不收割，为何占粮难计量？不出狩来不打猎，何见大兽挂屋梁？那些贵族老爷们，从不白白把饭尝。

叮咚砍树造车轮，车轮放在河水滨，河水清澈水波转。不种庄稼不收割，为何占粮难计量？不出狩来不出猎，何见鹌鹑挂你院？那些贵族老爷们，从不白吃岂当真！

【释义】

这是一首伐木者讽刺贵族老爷们不劳而获、尸位素餐的诗。伐木者为贵族砍伐檀树制造车轮，联想到不种不猎的贵族老爷们占有大量财富，心中愤愤不平。每一章均反复运用诘问句控诉、斥责、抗争，表达愤怒之情。三章连缀运用，排闼而下，形成澎湃的气势，使冷嘲热讽跃然纸上。"君子"明明"素餐"、"素食"、"素飧"，末句偏偏冠以"不"字，讽刺意味极浓。诗中用了好些语气词"兮"、"猗"，更增添了感情色彩。

硕 鼠

【原文】

　　硕①鼠硕鼠，无食我黍②！三岁贯女③，莫我肯顾④。逝将去女⑤，适彼乐土。乐土乐土，爰⑥得我所。

　　硕鼠硕鼠，无食我麦！三岁贯女，莫我肯德⑦。逝将去女，适彼乐国。乐国乐国，爰得我直。

　　硕鼠硕鼠，无食我苗！三岁贯女，莫我肯劳⑧。逝将去女，适彼乐郊。乐郊乐郊，谁之永号⑨！

——《魏风》

注解

①硕：大。　②黍：小米，与下面的"麦"、"苗"都泛指粮食作物。
③三岁贯女：三岁，多年。贯，事，侍奉。女，同"汝"，你。
④顾：体谅，照顾。　⑤逝将去女：逝，同"誓"。去，离开。
⑥爰：乃是。　⑦德：恩惠。　⑧劳：慰劳。　⑨永号：长叹。

【今译】

　　大老鼠呀大老鼠，切勿再吃我的黍！多年尽心服侍你，你却对我不照顾。发誓我要离开你,去那理想新乐土。新乐土呀新乐土,那儿才有我住处。

大老鼠呀大老鼠,切勿再吃我的麦!多年尽心服侍你,你却对我不感激。发誓我要离开你,去那理想快乐园。快乐园呀快乐园,那儿才有好所居。

大老鼠呀大老鼠,切勿再吃我的苗!多年尽心服侍你,你却不给我酬劳。发誓我要离开你,去那理想新乐郊。新乐郊呀新乐郊,谁还悲叹长呼叫!

【释义】

这是一首政治讽喻诗。运用比喻手法把不劳而获、贪得无厌的统治者比作噬啮作恶的大老鼠。全诗用叠唱法层层推进,不断深入,形象地刻画了鼠患极深、农民遭受残酷掠夺的情况。先"食我黍",食不足再"食我麦",进而又"食我苗",禾还未熟,就被掠夺走,将统治者贪婪成性、残忍无比的本性揭露无遗。揭露,斥责,愤怒,难以改变现状,于是调转笔锋,寻找理想中的"乐土"、"乐园"、"乐郊",诗的内涵提升。不仅真实地反映了当时的社会现实,更透露出希望,憧憬着美好的生活。

鸨 羽

【原文】

肃肃鸨羽①,集于苞栩②。王事靡盬③,不能蓺④稷黍,父母何怙⑤?悠悠苍天,曷其有所⑥?

肃肃鸨翼,集于苞棘⑦。王事靡盬,不能蓺黍稷,父母何食?悠悠苍天,曷其有极⑧?

肃肃鸨行,集于苞桑。王事靡盬,不能蓺稻粱,父母何尝?悠悠苍天,曷其有常⑨?

——《唐风》

注解

①肃肃鸨羽:肃肃,鸟翅扇动的响声。鸨(bǎo),鸟名,似雁而大。传说这种鸟因脚上没有后趾而无法在树上稳定地栖息。 ②栩:柞树。 ③王事靡盬:王事,这里泛指徭役。盬(gǔ),闲暇。 ④蓺:同"艺",种植。 ⑤怙(hù):依靠。 ⑥曷其有所:曷(hé),何时。所,处所。 ⑦棘:酸枣树。 ⑧极:尽头。 ⑨常:正常。

第六单元　硕鼠硕鼠

【今译】

鸨雁沙沙振翅飞，落在丛丛柞树中。君王差事没完了，不能在家种稷黍，父母生活谁照顾？老天老天睁睁眼，哪里才是我安生处？

鸨雁沙沙振羽翼，落在丛丛棘树里。君王差事没完了，不能在家种黍稷，父母靠啥来糊口？老天老天睁睁眼，服役何时才是尽期？

鸨雁沙沙飞成行，落在丛丛桑树上。君王差事没完了，不能在家种稻粱，父母靠谁来供养？老天老天睁睁眼，何时生活才能正常？

【释义】

这首诗是农民在徭役重压下的控诉与抗议。农民要耕田种地，养护父母，而君王差事没完没了，无法兼顾耕种，父母生活无保障。在繁重的征役重压下，这些苦人儿发出痛苦的呻吟和急切的呼喊，向"悠悠苍天"诉求，要苍天回答，何时这种苦难才是尽头。声声呼喊，吐露身处绝境的悲惨，读来令人泪下。诗起句以鸨作比起兴，表明社会的动荡与无休止的战争给农民生活带来的痛苦与灾难。传说鸨无后脚趾，在树上站立不稳，一歇下便左右摇晃，以此比喻社会不安宁，农民不能休养生息。

何草不黄

【原文】

何草不黄①？何日不行②？何人不将③？经营四方。
何草不玄④？何人不矜⑤？哀我征夫，独为匪民。
匪兕⑥匪虎，率⑦彼旷野。哀我征夫，朝夕不暇。
有芃⑧者狐，率彼幽草。有栈⑨之车，行彼周道⑩。

——《小雅》

注解

①黄：枯黄。　②行：奔走。　③将：行，奔走。　④玄：黑色，这里指枯烂后发黑。　⑤矜(guān)：同"鳏"，年老无妻。　⑥兕(sì)：野牛。　⑦率：沿着。　⑧芃(péng)：草木蓬松的样子，这里指兽毛蓬松。　⑨栈：高大的样子。　⑩周道：大道。

【今译】

什么草儿不枯黄？哪天不是奔波忙？哪个男儿不出征？经营来往走四方。

何草不玄？何人不矜？哀我征夫，独为匪民。

第六单元　硕鼠硕鼠

什么草儿不腐烂？哪个不是单身汉？可怜我们征夫苦，偏就不被当人看。

我非野牛也非虎，都在旷野里奔走。可怜我们征夫苦，早晚奔忙没尽头。

狐狸尾巴毛蓬松，躲藏出没乱草丛。高高役车征夫坐，匆匆赶路大道中。

【释义】

这是一首以征夫的口吻表达社会不平的诗，揭露了繁重的兵役、徭役带给人民的深重灾难。诗第一章、第二章起始"何草不黄"、"何草不玄"，以反诘句营造了幽暗荒凉的景色，铺就了诗的悲凉的底色。征夫的"不引"、"不将"、"不矜"、"匪民"，可谓字字血，声声泪，令人心酸，令人战栗。诗深刻反映了西周王朝即将灭亡前夕用兵不息，视民为草芥的社会现实，表达了征夫的强烈愤怒。这首诗开启了征戍诗的先声。

民 劳

【原文】

民亦劳止①，汔可小康②。惠此中国③，以绥④四方。无纵诡随⑤，以谨⑥无良。式遏寇虐⑦，憯⑧不畏明。柔远能迩⑨，以定我王。

民亦劳止，汔可小休。惠此中国，以为民逑⑩。无纵诡随，以谨惽怓⑪。式遏寇虐，无俾民忧。无弃尔劳⑫，以为王休⑬。

民亦劳止，汔可小息。惠此京师，以绥四国。无纵诡随，以谨罔极⑭。式遏寇虐，无俾作慝⑮。敬慎威仪，以近有德。

民亦劳止，汔可小愒⑯。惠此中国，俾民忧泄⑰。无纵诡随，以谨丑厉⑱。式遏寇虐，无俾正败⑲。戎虽小子⑳，而式㉑弘大。

民亦劳止，汔可小安。惠此中国，国无有残。无纵诡随，以谨缱绻㉒。式遏寇虐，无俾正反㉓。王欲玉女㉔，是用大谏。

——《大雅》

注解

①民亦劳止：劳，劳苦。止，语气助词。　②汔可小康：汔(qì)，庶几。康，安居。　③惠此中国：惠，热爱。中国，西周王朝直接统治的地区，也就是"王畿"，相对于四方诸侯国而言。

④绥：安抚。　⑤无纵诡随：纵，同"从"，听从。诡随，狡诈欺骗的人。　⑥谨：小心提防。　⑦式遏寇虐：式，发语词。遏，阻止。寇虐，掠夺残暴。　⑧憯(cǎn)：曾，乃。　⑨柔远能迩：柔，安抚。能，亲善。　⑩逑：聚合。　⑪惽恼(hūn náo)：喧扰争吵。　⑫无弃尔劳：尔，在位者。劳，功劳。　⑬休：美德。　⑭茂极：没有准则，行为有失中正。　⑮慝(tè)：奸邪，邪恶。　⑯愒(qi)：休息。　⑰忧泄：发泄忧愤。　⑱丑厉：恶人。　⑲正败：政治败坏。正，同"政"。　⑳戎虽小子：戎，同"汝"，你。小子，年轻人。　㉑式：作为，作用。　㉒缱绻(qiǎn quǎn)：固结不解，这里指结党营私。　㉓正反：政局颠覆。　㉔玉女(rǔ)：像珍爱美玉般爱戴你。

【今译】

百姓已经够辛苦，应该稍稍得安康。抚爱王畿众百姓，安定四方诸侯邦。不要听欺骗狡诈话，不良之徒要提防。遏止残暴与掠夺，不怕任何人胆大妄为。安抚百姓不分远和近，我王心定享安宁。

百姓已经够辛苦，应该稍稍得休息。抚爱王畿众百姓，百姓乐业又安居。不要听欺骗狡诈话，提防争权夺利相争喧。遏止残暴与掠夺，不使百姓心忧戚。不要抛弃以前的功劳，来为我王增美誉。

百姓已经够辛苦，应该可以稍喘息。抚爱京师众百姓，安定四方各诸侯。不要听欺骗狡诈话,目无法纪要警惕。遏止残暴与掠夺,不使作恶之人太得意。立身庄重保威仪,亲近贤德之人不可缺。

百姓已经够辛苦,可以稍稍歇歇力。抚爱王畿众百姓,使百姓忧愁稍发泄。不要听欺骗狡诈话,险恶之人要提防。遏止残暴与掠夺,不使政局败难成。你虽是个年轻人,作用很大莫看轻。

百姓已经够辛苦,应该可以稍安定。抚爱王畿众百姓,社会没有衰残气象生。不要听欺骗狡诈话,谨防结党营私祸乱生。遏止残暴与掠夺,不使反覆乱国政。我爱大王如美玉,因此壮大声气作谏诤。

【释义】

这是西周末召穆公讽陈周厉王的诗。厉王昏庸暴虐,听信谗言,残害百姓。老百姓怨声载道,厉王不让老百姓说话。老百姓忍无可忍,就起义把厉王赶走。

这首诗写作手法是重重叠叠。全诗共五章:每一章第一句相同,说老百姓辛苦死了;第三句基本相同,说要把周王直接统治的王畿安定好;第五句相同,劝王不要听信欺诈言语;第七句同,要王遏止残暴与掠夺。如此反复劝谏,唠唠叨叨,苦口婆心,千叮咛,万叮咛,真是用心良苦。

诗起始头两句话是:老百姓活得够苦的了,您该让他们喘口

气吧！这是久久郁结于心的话，不由得喷口而出，真是沉痛之至！

　　顺便提一提，周王直接统治到的地方叫王畿，王畿大约千里广。王畿之外是分封给诸侯的土地。春秋时代所谓"国"，一般指的是王都或诸侯封地的首都。

第七单元

知我者谓我心忧

　　社会动乱，民不聊生，世事不公，人们遭受深重苦难，郁结于心，往往借诗歌以宣泄。《黍离》中诗人说："知我者谓我心忧……悠悠苍天，此何人哉！"悲愤之情，溢于言表。《园有桃》中说："心之忧矣，我歌且谣。"心中忧愁无人理解，只能以歌谣唱出来。《苕之华》："心之忧矣，维其伤矣……知我如此，不如无生。"忧愁悲伤到极点，发出"不如无生"的哀叹。故而司马迁读古代著作，列举到《诗经》时说："大抵圣贤发愤之所作也。"后加一句："此人皆意有所郁结。"心中痛苦悲愤丢也丢不开，只好用文字发泄出来。后来更有人以"蚌病成珠"作比方，说蚌久病郁结而产生珠子。比方中说的"病"就是痛苦、磨难，而"珠"就是那发人深省的悲愤诗。

第七单元　知我者谓我心忧

黍　离

【原文】

彼黍离离①，彼稷②之苗。行迈靡靡③，中心摇摇④。知我者谓我心忧，不知我者谓我何求。悠悠⑤苍天，此何人哉！

彼黍离离，彼稷之穗。行迈靡靡，中心如醉。知我者谓我心忧，不知我者谓我何求。悠悠苍天，此何人哉！

彼黍离离，彼稷之实。行迈靡靡，中心如噎⑥。知我者谓我心忧，不知我者谓我何求。悠悠苍天，此何人哉！

——《王风》

注 解

①彼黍离离：黍，小米。离离，成排的样子。　②稷：高粱。
③行迈靡靡：行迈，远行。靡靡，迟迟。　④中心摇摇：中心，心中。摇摇，心绪不宁的样子。　⑤悠悠：高远。　⑥噎(yē)：气结，哽塞。

【今译】

那黍子长得多繁茂，那高粱又在发新苗。我流浪在远方步履缓，心中恍惚不能自主。理解我的人说我心忧愁，不理解我的人责怪我有什么奢求。高远的苍天啊，是谁让我成这样！

那黍子长得多繁茂，那高粱又在抽穗儿。我流浪在远方步履缓，心中忧闷像喝醉酒。理解我的人说我心忧愁，不理解我的人责怪我有什么奢求。高远的苍天啊，是谁让我成这样！

那黍子长得多繁茂，那高粱结子低下了头。我流浪在远方步履缓，心中忧愁气哽喉。理解我的人说我心忧愁，不理解我的人责怪我有什么奢求。高远的苍天啊，是谁让我成这样！

【释义】

这是一首游子抒发忧愤的诗，描述了一个流落他乡的人，步履蹒跚，心中悲怆，沿途呼号的情景。"悠悠苍天"是哀号无告时的悲极之辞。人走投无路堕入绝境时只能求助于上苍,问上苍"此何人哉",是谁让我沦落到如此地步。事实上叫天天不会应,入地地也无门,悲极哀生。有史家说:"《王风》的《黍离》是周室遭犬戎的蹂躏,平王东迁以后的丰镐的情形。相传周室东迁以后,所有旧时的宗庙宫室尽为禾黍。"周的旧臣行役故都丰镐,见废墟上生出黍稷,自然联想到家国之痛,因而呼天抢地,表达了心痛郁结的情绪。"黍离之痛"从此成了亡国之痛的同义语,而"知我者谓我心忧,不知我者谓我何求"则成了千古名句。

甫　田

【原文】

无田甫田①,维莠骄骄②。无思远人,劳心忉忉③。
无田甫田,维莠桀桀④。无思远人,劳心怛怛⑤。
婉兮娈兮⑥,总角丱兮⑦。未几见兮,突而弁⑧兮。

——《齐风》

【注解】

①无田甫田：田(diàn)，种田。甫田(tián)，大田。　②维莠骄骄：莠(yǒu)，杂草，狗尾草。骄骄，同"乔乔"，挺立高大的样子。③忉忉(dāo)：因思念而忧伤的样子。　④桀桀：借作"揭揭"，高大的样子。　⑤怛怛(dá)：悲伤不安。　⑥婉兮娈兮：婉、娈，少年美好的样子。　⑦总角丱兮：总角，古代男孩将头发梳成两个髻。丱(guàn)，形容总角翘起的样子。　⑧弁(biàn)：古代男子二十而冠，表示他已经成年。

【今译】

大田别去耕种，野草高高长势旺。不要挂念远方的人，思念劳心又忧伤。

大田别去耕种，野草长得高又大。不要挂念远方的人，悲伤劳心又不安。

少年少年多美好，扎着两个髻像羊角。只是几天没有见到，突然加冠已成年。

【释义】

这是一首思念远人的诗。连年征战，田园荒芜，家庭离散，见景伤情，感怀不已，诗人笔下的实景是"无田甫田"、"维莠骄骄"、"维莠桀桀"，大块田地无人耕种，野草长得高大又茂盛。见景不得不思念远走的征夫，心中无比忧伤。明明是深情的怀念，却偏偏说"无思远人"，用气愤之语曲折表达，更显思之深，念之切。末章笔锋突转，忆少年生活的美好，年少天真烂漫，头上扎着逗人喜爱的羊角，惜转眼间已成年，头上戴上了冠。场景似真似幻，以幻境表达时光流逝之快，思念等待之苦，期盼远征人归来，突然出现在眼前。文中四个"无"字的运用，耐人寻味，末章连用四个"兮"表达切切之情。

园 有 桃

【原文】

园有桃，其实之殽①。心之忧矣，我歌且谣②。不知我者，谓我士也骄。"彼人是哉，子曰何其③？"心之忧矣，其谁知之？其谁知之？盖④亦勿思！

园有棘⑤，其实之食。心之忧矣，聊以行国⑥。不知我者，谓我士也罔极⑦。"彼人是哉，子曰何其？"心之忧矣，其谁知之？其谁知之？盖亦勿思！

——《魏风》

注 解

①骰(yáo)：吃。　②我歌且谣：歌，有曲调配唱的歌。谣，没有曲调配唱的谣。　③其：语气助词，没有实义。　④盖：通"盍"，何不。　⑤棘：酸枣树。　⑥行国：在国中行游。　⑦罔极：无常，没有准则。

【今译】

果树园里大白桃，宴会上的好菜肴。心中那个忧愤啊，我只能唱起这歌谣。不理解我的人，说我是放纵又骄傲。"那人真的是这样，你说我该怎么样？"心中那个忧愤啊，又有谁知道？又有谁知道？还是不想更加好！

果树园里有酸枣，它的果实好味道。心中那个忧愤啊，我只能在国中周游把愁消。不理解我的人，说我反复无常，莫名其妙。"那人真是这样，你说我该怎么样？"心中那个忧愤啊，又有谁知道？又有谁知道？还是不想更加好！

【释义】

这是一首士人忧时伤己的诗。关键词是"忧"。忧什么？是忧贫畏饥，身世飘零？是忧缺少知己，人们误解他？两章复沓，好些句子完全重复。一再表白"其谁知之"，即还有谁能了解我，展现了士人内心无人理解的痛苦和深深的孤独感。为了排遣怀才不

第七单元　知我者谓我心忧

遇的愁绪，初则长歌当哭，自我慰藉，续则"聊以行国"，在国内周游。我们仿佛见到了一个孤傲的身影在魏国小道上踯躅而行，忧思重重。

山 有 枢

【原文】

山有枢①，隰②有榆。子有衣裳，弗曳弗娄③。子有车马，弗驰弗驱。宛④其死矣，他人是愉。

山有栲⑤，隰有杻⑥。子有廷内⑦，弗洒弗埽。子有钟鼓，弗鼓弗考⑧。宛其死矣，他人是保⑨。

山有漆⑩，隰有栗。子有酒食，何不日⑪鼓瑟？且以喜乐，且以永日⑫。宛其死矣，他人入室。

——《唐风》

【注解】

①枢：刺榆树。　②隰(xí)：低洼之地。　③弗曳弗娄：曳，拖曳。娄，同"搂"，撩，掖。　④宛：枯萎。　⑤栲(kǎo)：

臭椿树。　⑥杻(niǔ)：树名，即檍树。　⑦廷内：庭院和堂室。　⑧考：敲打,敲击。　⑨保：拥有。　⑩漆：漆树。　⑪日：每天。　⑫永日：消磨时光。

【今译】

　　刺榆树山上长，白榆树洼地生。你有漂亮的衣和裳，却不穿不用又不提。你有好车与好马，却不驱赶又不骑。一旦你哪天离人世，别人就来享安逸。

　　臭椿树山上长，小檍树洼地生。你有宽敞的厅和院，却不洒扫侍弄好。你有珍贵的钟与鼓，却不击打也不敲。一旦你哪天离人世，别人就把它占领了。

　　漆树山上长，栗树洼地生。你有美酒与佳肴，为何不天天弹琴鼓瑟？用来寻欢作乐，用来消磨时日。一旦你哪天离人世，别人就入室侵家私。

【释义】

　　这是一首嘲讽守财奴式的贵族统治者的诗。第一章的衣裳、车马，第二章的廷内、钟鼓，第三章的酒食、乐器，概括了富足的生活起居，吃喝玩乐。在反复叠唱，喋喋劝说中把守财奴疯狂占有与极端吝啬的丑恶嘴脸揭露在光天化日之下。诗的辛辣讽刺聚焦在一个"死"字，更是给人留下不尽的思考。

第七单元　知我者谓我心忧

鸱　鸮

【原文】

鸱鸮鸱鸮①，既取我子，无毁我室。恩斯勤斯②，鬻子之闵斯③。

迨天之未阴雨，彻彼桑土④，绸缪牖户⑤。今女⑥下民，或敢侮予？

予手拮据⑦，予所捋⑧荼。予所蓄租⑨，予口卒瘏⑩，曰予未有室家。

予羽谯谯⑪，予尾翛翛⑫，予室翘翘⑬。风雨所漂摇，予维音哓哓⑭。

——《豳风》

【注解】

①鸱鸮(chī xiāo)：猫头鹰。　②恩斯勤斯：恩、勤指勤劳。斯，语气助词，没有实义。　③鬻子之闵斯：鬻(yù)，养育。闵，病。　④彻彼桑土：彻，寻取。桑土，桑树根。　⑤绸缪牖户：绸缪(chóu móu)，修缮。牖，窗。户，门。　⑥女：汝，你。　⑦拮据：手因操劳而不灵活。　⑧捋：用手握住东西自上而下抹取。　⑨予所蓄租：蓄，收藏。租，这里指茅草。　⑩卒瘏(tú)：因劳累而得病。　⑪谯谯(qiáo)：羽毛干枯稀疏的样子。　⑫翛翛(xiāo)：羽毛枯焦的样子。　⑬翘翘：危险的样子。　⑭哓哓(xiāo)：由于恐惧而发出的叫声。

【今译】

猫头鹰啊猫头鹰,你已经抓走了我的娃,再不能毁去我的家。我操劳得含辛茹苦,累病了身子都为了养育我的娃。

趁着天晴未阴雨,啄取桑根又桑皮,缚紧那些门和窗。看你们树下这些人,还有谁敢将我欺?

我的痉挛的手,还得去将采茅草花。我蓄积茅草垫底,嘴角都衔得累病啦,还没有修筑好我的家。

我翅膀羽毛已稀稀拉拉,我尾巴羽毛已枯槁干巴,我的巢儿风雨中飘摇不稳。风又吹来雨又打,我只能惊恐地哓哓号。

【释义】

这是一首寓言诗,代鸟写言,借鸟写人,在《诗经》中属凤毛麟角。诗起始是言鸟因鸱鸮攫取其子突发"无毁我室"的呼号,飞来横祸,惨遭不幸,正是劳苦大众受贵族掠夺和迫害的写照。呼号令人震悚,而二、三章的修筑窠巢的铺叙,在危难中的挣扎,艰苦备尝,更令人肃然起敬,是劳苦大众面临绝境的抗争,坚韧顽强营造生存条件的生动写照。第四章泣诉自己心血用尽,仍无法把握风雨中的未来,再次发出哓哓哀号,撼天动地鸣不平。这首诗是最早的"禽言诗",以鸟拟人,寄托了劳苦大众的无穷悲愤,斥责贵族掠夺者的残暴无情。

沔 水

【原文】

沔①彼流水,朝宗②于海。鴥彼飞隼③,载④飞载止。嗟我兄弟,邦人⑤诸友。莫肯念⑥乱,谁无父母?

沔彼流水,其流汤汤⑦。鴥彼飞隼,载飞载扬。念彼不迹⑧,载起载行。心之忧矣,不可弭⑨忘。

鴥彼飞隼,率彼中陵⑩。民之讹言⑪,宁莫之惩⑫。我友敬⑬矣,谗言其兴。

——《小雅》

【注解】

①沔(miǎn):流水满溢的样子。 ②朝宗:归往。本意是指诸侯朝见天子,后来借指百川归海。 ③鴥彼飞隼:鴥(yù),鸟疾飞的样子。隼(sǔn),一种猛禽。 ④载:又。 ⑤邦人:国人。 ⑥念:考虑。 ⑦汤汤(shāng):同"荡荡",水大流急的样子。 ⑧不迹:不遵循法度。 ⑨弭(mǐ):止,消除。 ⑩率彼中陵:率,沿。中陵,陵中。 ⑪讹言:谣言,谗言。 ⑫惩:止。 ⑬敬:同"儆",警惕。

【今译】

流水满溢，百川归海。天上游隼急速地飞，时而飞翔时而停留。可叹可悲我的兄弟们，可叹我的朋友和同乡。没人考虑祸乱，谁没有爹和娘？

流水满溢，水大流急。天上游隼急速地飞，时而低飞时而上翔。想到有人不遵循法度，坐立不安心里慌。满怀惆怅心中忧伤，不可消除无法忘却。

天上游隼急速地飞，沿着山陵高高飞翔。谣言四处传，不曾制止。告诫朋友需警惕，种种谣言正蜂起。

【释义】

这是一首忧乱之诗，周平王东迁之后，王朝弱，镐京一带危机四伏。作者写此诗忧乱畏谗，告友人多加警惕。诗以"流水"、"飞隼"两组诗句比兴，创设了动荡不安的气氛。首章写当权者不制止纷乱，甚至连想都未想到要制止纷乱，怎不让有父母的人心怀忧伤？第二章仍用两组诗句比兴，继续创设动荡不安的气氛。不法之徒为非作歹，无人制止，国不得安宁，怎不使诗人坐立不安，焦虑不已？第三章只用"隼鸟"比兴，绘其山陵之态，喻流言飞语猖狂，无人制止，诗人百般气愤，告诫友人面对蜂起的谗言要小心提防。整首诗表现了诗人的忧心忡忡，害怕动乱殃及父母、亲友，害怕法度不循殃及国家的安定，害怕谗言对友人的伤害。诗人的"忧乱"与当权者的不止乱,不止不循法之徒为非作歹,不止谗言满天飞形成强烈的对比,发人深省。

鹤 鸣

【原文】

鹤鸣于九皋①,声闻于野。鱼潜在渊,或在于渚②。乐彼之园,爰有树檀,其下维萚③。它山之石,可以为错④。

鹤鸣于九皋,声闻于天。鱼在于渚,或潜在渊。乐彼之园,爰有树檀,其下维榖⑤。它山之石,可以攻⑥玉。

——《小雅》

注解

①九皋:深远的沼泽。 ②渚:水中小洲,这里和"渊"相对,指浅滩。 ③萚(tuò):枯落的树叶。 ④错:"厝"的假借字,打磨玉器的工具。 ⑤榖(gǔ):楮树,树皮可作造纸原料。 ⑥攻:雕刻。

【今译】

深远的沼泽中传来白鹤的鸣叫,声音响亮传遍郊野。鱼儿潜在深水里,有时游到浅滩边。那个花园惹人喜爱,园里有高高的檀树,下面是枯落的树叶。他方山上有佳石,可以用来打磨玉器。

深远的沼泽中传来白鹤的鸣叫,声音响亮传上天。鱼儿游到浅滩边,有时潜入深水里。那个花园惹人喜爱,园里有高高的檀树,下面还生长着楮树。他方山上有佳石,可以用来雕琢玉器。

【释义】

这首诗通篇都用了借喻的手法。关于诗的主题,可谓众说纷纭。一般都将这首诗看作是一首"招隐诗",即以鸣叫的白鹤喻在野的贤人,劝谏君主招纳在野贤士为国所用的想法。但朱熹在《诗集传》中提出了不同的观点,"盖鹤鸣于九皋,而声闻于野,言诚之不可掩也;鱼潜在渊,而或在于渚,言理之无定在也;园有树檀,而其下维萚,言爱当知其恶也;他山之石,而可以为错,言憎当知其善也。由是四者引而伸之,触类而长之,天下之理,其庶几乎?"他将诗中四个比喻概括为四种思想:诚、理、爱、憎,认为这首诗的主题是劝人为善。

第七单元 知我者谓我心忧

北 山

【原文】

陟①彼北山,言②采其杞。偕偕③士子,朝夕从事。王事靡盬④,忧我父母。

溥⑤天之下,莫非王土,率土之滨⑥,莫非王臣。大夫不均,我从事独贤⑦。

四牡彭彭⑧,王事傍傍⑨。嘉⑩我未老,鲜我方将⑪。旅力⑫方刚,经营⑬四方。

或燕燕居息⑭,或尽瘁事国。或息偃⑮在床,或不已于行。

或不知叫号⑯,或惨惨劬劳⑰。或栖迟⑱偃仰,或王事鞅掌⑲。

或湛乐⑳饮酒,或惨惨畏咎㉑。或出入风议㉒,或靡事不为。

——《小雅》

注解

①陟:登上。　②言:语助词。　③偕偕:强壮的样子。
④盬(gǔ):闲暇。　⑤溥(pǔ):普遍。　⑥率土之滨:率,由,沿着。滨,水边。　⑦贤:劳苦。　⑧彭彭:马不停蹄的样子。
⑨傍傍:无穷无尽。　⑩嘉:嘉奖。　⑪鲜我方将:鲜,夸赞。将,强壮。　⑫旅力:同"膂力",体力。　⑬经营:奔走。

⑭或燕燕居息：燕燕，安闲的样子。居息，在家中休息。　⑮偃：躺卧。　⑯叫号：呼喊，哭嚎。　⑰或惨惨劬劳：惨惨，忧心忡忡的样子。劬劳，劳累，辛勤。　⑱栖迟：安闲的游憩。　⑲鞅掌：为公事奔波劳碌。　⑳湛(dān)乐：沉溺于享乐。　㉑咎：过失。　㉒风议：夸夸其谈。

【今译】

登上那个北山冈，采摘红红枸杞忙。身强力壮的士子，早晚忙着把差当。君王差事无休止，使得我父母心忧伤。

普天之下，没有不是君王的土，四海之内，没有不是君王的臣。大夫派事理不公，唯独我的差事多又重。

四马驾车奔四方，君王之事急又忙。夸我不老正相当，赞我身强力又壮。又说我血气方刚，派我奔去经营四方。

有的人安逸家中睡大觉，有的人为国尽心又尽力。有的人吃饱了床上躺，有的人不断奔走忙。

有的人万事不关心，有的人凄凄惨惨多烦恼。有的人吃喝玩乐昏昏睡，有的人为王事日日夜夜心操劳。

有的人享乐酒杯不离口，有的人小心翼翼怕得罪人。有的人爱扯耍嘴皮，有的人为公事脱不开身。

第七单元　知我者谓我心忧

【释义】

　　这是一首周王朝衰乱时期的诗。控诉了役行不均，朝夕辛劳，奔走四方，而不得养其父母的情状。作者的身份是士，控诉的对象是大夫。他说："大夫派事理不公，唯独我的差事多又重。"诗的后三章用了十二个"或"，举出十二种现象作六个对比。有的人(指自己)终日劳苦，奔走四方，没完没了；有的人(可能指士大夫)万事不关心，终日吃喝玩乐睡大觉。这实在不公平。不平则鸣，就鸣出这首怨诗。上层腐败，下层怨愤，矛盾尖锐化，必将导致内部的涣散、解体以至灭亡。诗中"溥天之下，莫非王土；率土之滨，莫非王臣"，反映出在当时人们心目中，周已是一个泱泱大国。

青　　蝇

【原文】

营营①青蝇，止于樊②。岂弟③君子，无信谗言。
营营青蝇，止于棘。谗人罔极④，交乱四国。
营营青蝇，止于榛。谗人罔极，构⑤我二人。

——《小雅》

注解

①营营：象声词，苍蝇来回飞的样子。　②樊：篱笆。　③岂弟：平易近人。　④罔极：没有准则。　⑤构：挑拨，离间。

【今译】

苍蝇飞来飞去嗡嗡作响，落在篱笆上。平易近人的君子，不要相信谗言和诽谤。

苍蝇飞来飞去嗡嗡作响，落在枣树上。谗人阴险没准则，搅得各方都遭殃。

苍蝇飞来飞去嗡嗡作响，落在榛树上。谗人说话没准则，离间你和我的关系。

【释义】

这是一首谴责诗，谴责进谗者，劝戒"君子"不要听信谗言。诗开篇以专进谗言的人比作苍蝇，生动、贴切。嗡嗡营营的丑态，乱人视听，无孔不入。青蝇本为微小的秽物，但其习性是驱之又复来，聚集越来越多，嗡嗡如雷鸣。谗言也如此，在"樊"上面停，在"棘"上面停，在"榛"上面停，不管矮篱笆、酸枣树，还是榛树，它都要光顾，都要散播，危害之大，一言难尽。故首章就告诫君子不要听信谗言，第二章痛斥谗言的危害。"谗人罔极，交乱四国"，谗言是非混淆，黑白颠倒，把四面八方搅得不得安宁。王充在《论衡·言毒篇》中说："四国扰乱，况一人乎？故君子不畏虎，但畏谗夫之口，谗夫之口，为毒大矣。"第三章继续痛斥谗言的危害，"构我二人"，挑拨离间构陷你我二人，弄得你我反目不亲。揭示进谗小人如青蝇驱之不去，启人警惕，使人猛省。后世常见以青蝇喻谗言，如李白的《鞠歌行》中"楚国青蝇何太多，连城白璧遭谗毁"等，即源于此诗。

苕 之 华

【原文】

苕①之华，芸②其黄矣。心之忧矣，维其伤矣。
苕之华，其叶青青。知我如此，不如无生。
牂羊坟首③，三星在罶④。人可以食，鲜⑤可以饱。

——《小雅》

兴于诗　诗经选读

注解

①苕(tiáo)：凌霄花。　②芸：黄色正盛的样子。　③牂羊坟首：牂(zāng)羊，母羊。坟，大。这里主要说母羊因饥饿而身体瘦弱，显得头大。　④三星在罶：三星，指参宿、心宿、河鼓三星，一说三为虚数，泛指星光。罶(liǔ)，鱼篓。　⑤鲜：少。

【今译】

凌霄花开放，颜色一片黄呀。心中的忧愁呀，有多么的悲伤。
凌霄花开放，枝叶一片青呀。早知我这样，不如不出生。
母羊瘦弱脑袋大，鱼篓空空星光照。人们个个需要吃饭，很少有人能吃饱。

【释义】

这是反映西周末年连年饥荒，同类相残惨状的一首诗。诗以苕之花、叶起兴，花与叶生机勃勃，而人民在饥饿中挣扎。母羊瘦弱脑袋大，鱼篓空空星光照，民生凋敝，万物萧条，以致于很少有人能吃饱。一说"人可以食"指人吃人，那简直是惨绝人寰，令人毛骨悚然。"不如无生"是悲痛、愤恨之极的内心呼喊，深刻揭示了周朝残酷的社会现实和人民的深重灾难。荒年乱世，《苕之华》诗句所绘惨状，留给后世以深深的启迪。

第八单元

民之初生

希腊有荷马史诗，西方人以之为骄傲。德国哲学家黑格尔则断言"中国却没有民族史诗"。《诗经》的《雅》、《颂》中有不少史诗作品。如《大雅》中《生民》、《公刘》、《绵》、《皇矣》、《大明》五首诗，记述了后稷出世到武王伐纣的几百年周族的历史传说和事迹，这是周族的史诗。诗写得井然有序，杂神话传说与历史真实于一体，具有隽永不朽的艺术魅力和弥足珍贵的史料价值。在这一单元，在《风》诗中也选了一些反映重大历史事件的好诗。

甘 棠

【原文】

蔽芾甘棠①,勿翦②勿伐,召伯所茇③。

蔽芾甘棠,勿翦勿败④,召伯所憩。

蔽芾甘棠,勿翦勿拜⑤,召伯所说。

——《召南》

注解

①蔽芾甘棠:芾(fèi),树木高大茂密的样子。甘棠,棠梨树。 ②翦:即"剪"。 ③茇(bá):住。 ④败:毁坏。 ⑤拜:拔掉。

【今译】

郁郁葱葱棠梨树，不剪不砍细养护，曾是召伯居住处。
郁郁葱葱棠梨树，不剪不毁细养护，曾是召伯休息处。
郁郁葱葱棠梨树，不剪不折细养护，曾是召伯停歇处。

【释义】

这是周早期周人歌颂召公奭的诗，歌颂召公执法公平，深得人民爱戴。《史记·燕召公世家》说："燕召公治西方，甚得兆民和，召公巡行乡邑，有棠树，决狱政事其下，自侯伯至庶人各得其所，无失职者。召公卒，而民人思召公之政，怀棠树不敢伐，歌咏之，作《甘棠》之诗。"诗第一章说起召公曾住宿甘棠下；第二章说召公曾休憩其下；第三章说召公曾停留其下。人们睹物思人，思人爱物，借爱护甘棠而怀念召公。诗写得委婉深挚，很是感人。召公奭是周王身边的辅佐大臣。他的儿子被封在今河北北部一带建立燕国。顺带说一句，著名作家巴金原名李尧棠，字芾甘，出处就在此诗。

第八单元 民之初生

载 驰

【原文】

载驰载驱①,归唁②卫侯。驱马悠悠③,言至于漕④。大夫⑤跋涉,我心则忧。

既不我嘉⑥,不能旋反。视尔不臧⑦,我思⑧不远。

既不我嘉,不能旋济⑨。视尔不臧,我思不閟⑩。

陟彼阿丘⑪,言采其蝱⑫。女子善怀,亦各有行⑬。许人尤⑭之,众⑮稚且狂。

我行其野,芃芃⑯其麦。控⑰于大邦,谁因谁极⑱。大夫君子,无我有尤。百尔所思,不如我所之⑲。

——《鄘风》

注解

①载驰载驱:载,发语词。驰、驱,策鞭使马快跑。 ②唁(yàn):向死者家属慰问。 ③悠悠:悠远。 ④漕:地名,卫东邑。 ⑤大夫:指前来劝阻许穆夫人去卫的诸臣。 ⑥嘉:认为好,赞同。 ⑦视尔不臧:视,表比较。臧,好,善。 ⑧思:谋略。 ⑨济:渡。 ⑩閟(bì):同"秘",周到,周全。 ⑪阿丘:有一边偏高的山丘。 ⑫蝱(méng):贝母。 ⑬行:

道理，主张。　⑭尤：埋怨。　⑮众(zhōng)：既。　⑯芃芃(péng)：茂盛的样子。　⑰控：往告，赴告。　⑱谁因谁极：因，依靠。极，至，来相助。　⑲之：往。

【今译】

催马赶车忙奔走，急忙回国安慰卫侯。赶着马儿远远行，回到故国漕邑城。许国大夫跋山涉水来追我，使得我心烦又意乱。

你们大家尽管不赞成，我也不能快速就回身。你们哪有什么好主张，我岂能丢开不去管。

尽管你们都反对，我也不会渡河就回头。你们没有什么好主张，能阻挡我所考虑的好计谋。

登上那座土山岗，采摘贝母治忧伤。虽说女子多忧虑，自有她的道理与主张。许国大夫指责我，这班人幼稚又狂妄。

我走在田野上，小麦长得密密茂茂如长浪。我要向大国去求援，依靠它来解救难。大夫们，君子们，不要再责怪我好不好。你们的主张虽然有千百种，不如我亲自去一趟。

【释义】

周初期，卫国是大国，到春秋时期已成为中小国家，常常受到狄人侵扰。公元前660年，狄人侵卫。当时卫国的国君卫懿公

是个昏君。他喜欢养鹤,他的鹤乘轩车,并且有禄位。狄人打来,国人不愿打仗,说:"叫鹤去打,你看它的待遇多么高!"这下子,卫吃了大败仗,亡了国,人民大逃亡,国内只剩下七百三十人,加上其他卫地人,百姓也不过五千。大国齐桓公派战车、甲士三千人救卫。卫重新复国,才勉强安定下来。卫懿公的女儿嫁在许国,叫许穆夫人。许穆夫人闻卫遭大难,欲归卫国慰问她的弟弟卫文公,许国的大夫以当时的礼法为口实,大加反对,横加阻拦,夫人悲愤填膺,写下了这首可歌可泣的爱国诗。

黄　　鸟

【原文】

交交黄鸟①,止②于棘。谁从穆公③?子车奄息④。维⑤此奄息,百夫之特⑥。临其穴⑦,惴惴其栗⑧。彼苍者天,歼我良人⑨!如可赎兮,人百其身⑩!

交交黄鸟,止于桑。谁从穆公?子车仲行。维此仲行,百夫之防⑪。临其穴,惴惴其栗。彼苍者天,歼我良人!如可赎兮,人

百其身!

交交黄鸟,止于楚。谁从穆公?子车铖虎。维此铖虎,百夫之御⑫。临其穴,惴惴其栗。彼苍者天,歼我良人!如可赎兮,人百其身!

——《秦风》

注解

①交交黄鸟:交交,飞来飞去的意思,一说鸟的叫声。黄鸟,黄雀。 ②止:落,停。 ③穆公:秦穆公,春秋五霸之一。 ④子车奄息:人名,子车是姓。 ⑤维:语气助词。 ⑥百夫之特:百夫,百人。特,匹敌。 ⑦临其穴:临,走近。穴,墓穴。 ⑧栗:战栗、害怕的样子。 ⑨歼我良人:歼,指残害。良人,好人。 ⑩人百其身:以一百个人为他赎身。 ⑪防:当,抵得。 ⑫御:抵挡。

【今译】

黄雀飞来又飞去,声声凄凉落在枣树上。谁从穆公去殉葬?是子车家的奄息。说起这位奄息呀,百人哪能比得上。走近穆公墓穴边,恐惧浑身直战栗。苍天呀苍天,为啥害我好汉子!如果可以为他去赎身,用一百人也情愿!

黄雀飞来又飞去,声声凄凉落在桑树上。谁从穆公去殉葬?是子车家的仲行。说起这位仲行呀,百人没他力量强。走近穆公

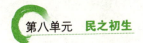

墓穴边,浑身恐惧直战栗。苍天呀苍天,为啥害我好汉子!如果可以为他去赎身,用一百人也情愿!

黄雀飞来又飞去,声声凄凉落在荆树上。谁从穆公去殉葬?是子车家的针虎。说起这位针虎呀,一百个人难抵挡。走近穆公墓穴边,浑身恐惧直战栗。苍天呀苍天,为啥害我好汉子!如果可以为他去赎身,用一百个人也情愿!

【释义】

这首诗是对野蛮的殉葬制度的强烈控诉,控诉秦穆公死后用一百七十七人殉葬的事。《左传·文公六年》记载,秦伯任好(即秦穆公)死,用子车氏的三个儿子奄息、仲行、针虎殉葬,这三个人都是秦国的优秀人物,国都里的人痛惜他们,为他们赋了《黄鸟》这首诗。秦穆公是春秋五霸之一,他在政治上、军事上大有作为,可是始终没有力量到中原争霸,只能"霸西戎"。这位西方霸主当时无力争霸中原,一方面由于当时的强霸晋国挡住了它向东发展的进程;另一方面,因为秦国偏居西方,比较落后。这首诗正是这种情况的鲜明反映。

菁菁者莪

【原文】

菁菁者莪①，在彼中阿②。既见君子，乐且有仪③。

菁菁者莪，在彼中沚④。既见君子，我心则喜。

菁菁者莪，在彼中陵。既见君子，锡我百朋⑤。

泛泛杨舟，载沉载浮。既见君子，我心则休⑥。

——《小雅》

注 解

①菁菁者莪：菁菁(jīng)，草木茂盛的样子。莪(é)，萝蒿。　②阿：山坳。　③仪：仪表。　④沚：水中小沙洲。　⑤锡我百朋：锡，同"赐"。朋，古人用贝壳作货币，十贝为一朋。　⑥休：喜。

【今译】

萝蒿长得茂盛，生长在山坳中。有幸见到君子您，实在快乐有威仪。

萝蒿长得茂盛，生长在水里小沙洲中。有幸见到君子您，我的心中真快乐。

萝蒿长得茂盛，生长在土山上。有幸见到君子您，赐给我

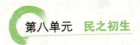

一百朋钱。

杨木舟在水上漂,浮浮沉沉。有幸见到君子您,我的心中真欢喜。

【释义】

诗歌抒发了对君子的赞美,感谢君子对自己的赏赐和培育。一般认为诗中的君子是对老师的敬称,表达了对君子育人才的由衷欢喜。后世常用"菁莪"代称育才,便是由这首诗歌而来。

绵

【原文】

绵绵瓜瓞①,民之初生②。自土沮漆③,古公亶父④。陶复陶穴⑤,未有家室⑥。

古公亶父,来朝⑦走马。率西水浒⑧,至于岐下⑨。爰及姜女⑩,聿来胥宇⑪。

周原膴膴⑫,堇荼如饴⑬。爰始⑭爰谋,爰契我龟⑮,曰止曰时⑯,筑室于兹。

注解

①绵绵瓜瓞：绵绵，连续不断的样子。瓞(dié)，小瓜。 ②民之初生：民，人，周人。初生，起源。 ③自土沮漆：土，亦作杜，水名。沮，往。漆，水名。 ④古公亶(dǎn)父：周太王，周文王的祖父。古公，远祖先公。亶父，太王名，周人尊他为太王。 ⑤陶复陶穴：陶，借作"掏"，窑灶。复、穴，皆指地洞，指挖地洞而居。 ⑥家室：房屋，一说指家庭。 ⑦来朝：第二天早晨。 ⑧率西水浒：率，沿着。水浒，水边。 ⑨岐下：岐山脚下。 ⑩爰及姜女：爰，语助词，表于是之意。姜女，姜姓女，太王的妻子。 ⑪聿来胥宇：聿，发语词。胥，察看。宇，居处。 ⑫周原膴膴：周，岐山下地名。原，广平的土地。膴膴(wǔ)，肥沃的样子。 ⑬堇荼如饴：堇(jǐn)，堇葵。荼，苦菜。饴(yí)，用米芽或麦芽熬成的糖浆。 ⑭始：义同"谋"，商议。 ⑮爰契我龟：契，刻。龟，用龟甲占卜。 ⑯曰止曰时：止，居处。时，是，这里。指龟卜后得吉兆，可以在此动工。

【原文】

乃慰⑰乃止，乃左乃右⑱。乃疆乃理⑲，乃宣乃亩⑳。自西徂㉑东，周爰执事㉒。

乃召司空㉓，乃召司徒㉔，俾立室家㉕。其绳㉖则直，缩版以载㉗，作庙翼翼㉘。

捄之陾陾㉙，度之薨薨㉚。筑之登登，削屡冯冯㉛。百堵皆兴㉜，鼛鼓㉝弗胜。

注解

⑰慰：安心。 ⑱乃左乃右：左右，划定左右区域,分配居左居右。 ⑲乃疆乃理：疆、理,划定疆界,治理环境。 ⑳乃宣乃亩：宣,疏通沟渠。亩,耕耘。 ㉑徂(cú)：往。 ㉒周爰执事：周,全,遍。执事,从事劳动。 ㉓司空：管理都邑工程建筑之事的官员。 ㉔司徒：管理调配劳动之事的官员。 ㉕俾立室家：俾,使。立,建立。 ㉖绳：古时建筑房屋,拉绳正地基。 ㉗缩版以载：缩,同"束",捆缚。版,夹板。古时建墙,夹板填土,叫"板筑"。 ㉘作庙翼翼：庙,宗庙。翼翼,严严整整。 ㉙捄之陾陾：捄(jiū),把泥聚成堆。陾陾(réng),或作"仍仍",象声。 ㉚度之薨薨：度(duó),填入。薨薨(hōng),填土声。 ㉛削屡冯冯：屡,指新墙不平处,要削平整。冯冯(píng),削"屡"声。 ㉜百堵皆兴：堵,量词。兴,起,筑成。 ㉝鼛(gāo)鼓：大鼓。

【原文】

乃立皋门㉞,皋门有伉㉟。乃立应门㊱,应门将将㊲。乃立冢土㊳,戎丑攸行㊴。

肆不殄厥愠㊵,亦不陨厥问㊶。柞棫拔矣㊷,行道兑㊸矣。混夷駾矣㊹,维其喙㊺矣。

虞芮质厥成㊻,文王蹶厥生㊼。予曰有疏附㊽,予曰有先后,予曰有奔奏㊾,予曰有御侮㊿。

——《大雅》

注解

㉞皋门：王都的外城门。　㉟伉(kàng)：高高的样子。　㊱应门：王宫的正门。　㊲将将(qiāng)：庄严雄伟的样子。　㊳冢土：祭土神的坛。　㊴戎丑攸行：戎，大。丑，众。　㊵肆不殄厥愠：肆，故，所以。殄(tiǎn)，杜绝，消灭。厥，其，指狄人。愠(yùn)，愤怒。　㊶亦不陨厥问：陨，丧失，废弃。问，遣使访问。　㊷柞棫拔矣：柞，常绿灌木。棫，一种丛生小树。拔，拔除。　㊸兑：通达。　㊹混夷駾矣：混夷，即昆夷，古西方种族。駾(tuì)，受惊奔走。　㊺喙(huì)：气短促，引申为困顿。　㊻虞芮质厥成：虞、芮，古国名。相传两小国纷争，文王和解两国。　㊼文王蹶厥生：蹶，感动。生，性。　㊽疏附：团结群臣，亲近归附的臣子。　㊾奔奏：奔走效力的臣子。　㊿御侮：抵御外族侵略的臣子。

【今译】

　　大瓜小瓜连绵生，好似周人之初生。杜水迁到漆水滨，古公亶父来带领。挖洞筑穴且住下，没有住处没有房。

　　古公亶父我太王，清早催马赶得忙。顺着渭水往西去，一直来到岐山下。他和姜女夫妻俩，察看地形好建房。

　　周原平地真肥沃，堇葵苦菜如饴糖。大伙商议来谋划，钻孔火烤卜龟忙。天意此处可居住，就在这里筑新房。

　　于是安下心居住，左右两边细分划。丈量地界整土地，翻地松土开沟渠。从东到西多广大，人人劳作不装样。

第八单元　民之初生

召来司空管营建,召来司徒配人员。吩咐人们造房屋,绷直绳子把线拉。夹板填土筑墙垣,宗庙修起好庄严。

铲土装筐响噌噌,填土入板声轰轰。倒土筑墙响登登,铲削砌平声呼呼。百堵高墙平地起,声势淹没大鼓声。

于是建筑外城门,城门高大气势雄。再建宫殿大正门,宫门气势真威严。再为土地神作坛,大众祈福乐开怀。

文王对狄气难消,聘问交往却坚持。柞树棫树都拔光,往来道路都通畅。昆夷畏惧都逃跑,困顿不堪多狼狈。

虞芮诉讼事已平,感化他们改本性。我有贤臣能率下,我有英才作参谋,我有贤士宣德誉,我有武将御外侮。

【释义】

商朝末年,渭水流域兴起一个强国,国号"周"。传说周的始祖叫后稷,是著名的农师,死后被周人尊为农神。周族在历史上有两次大迁徙:一次是由邰迁到豳;一次是由豳迁到岐。两次迁徙对周族的发展都起到重大作用。到古公亶父的孙子姬昌(周文王)时,发展到当时的"三分天下有其二"。文王的儿子姬发(周武王)伐殷商,在牧野打了大胜仗,一举而起推翻殷商,建立我国历史上十分重要的朝代——周朝。

《绵》就是叙述第二次大迁徙的历史。领导这次大迁徙的是古公亶父,尊称太王。全诗写得井然有序:开始迁徙,初到岐山,周原风光,开垦荒地,经营田亩,建立宗庙,驱逐敌人;又说到文王继承祖父的事业,君明臣贤,大展宏图,一派兴旺气象。诗中使用了许多叠字,如"绵绵"、"翼翼"、"登登"、"冯冯"、"将将",写出了劳动建设热火朝天、轰轰烈烈的场面。

生 民

【原文】

厥初生民①,时维姜嫄②。生民如何?克禋克祀③,以弗④无子。履帝武敏歆⑤,攸介攸止⑥。载震载夙⑦,载生载育,时维后稷。

注解

①民:人,指周人。　②时维姜嫄:时,是。姜嫄(yuán),传说中远古帝王帝喾之妃,周始祖后稷之母。　③克禋克祀:禋(yīn)、祀,古代祭天神的一种礼仪,先烧柴生烟,再在柴上加牲体和玉帛用火烧。　④弗:"祓"(fú)的假借字,去除不祥。　⑤履帝武敏歆:履,践踏。帝,上帝。武,足迹。敏,拇指。歆,动。　⑥攸介攸止:介,同"祄"(xiè),神保佑。止,通"祉",神降福。　⑦载震载夙:震,通"娠",怀孕。夙,通"肃",生活严肃。

【原文】

诞弥厥月⑧,先生如达⑨。不坼不副⑩,无灾无害,以赫⑪厥灵。上帝不宁,不康⑫禋祀,居然生子。

注解

⑧诞弥厥月:诞,发语词。弥,满。　⑨先生如达:先生,第一胎。如,同"而"。达,滑利。　⑩不坼不副:坼(chè),裂开。副(pì),破裂。　⑪赫:显示。　⑫不康:姜嫄因踩上帝的大脚印而怀孕感到不安。

【原文】

诞置⑬之隘巷,牛羊腓字之⑭。诞置之平林⑮,会⑯伐平林。诞置之寒冰,鸟覆翼之。鸟乃去矣,后稷呱⑰矣。实覃实讦⑱,厥声载⑲路。

注解

⑬置:弃置。　⑭牛羊腓字之:腓(féi),庇护。字,给他奶吃。　⑮平林:平原上的树林。　⑯会:恰好遇上。　⑰呱(gū):小孩儿啼哭。　⑱实覃实讦:实,是。覃(tán),长。讦(xū),大。　⑲载:满。

【原文】

诞实匍匐[20],克岐克嶷[21],以就[22]口食。蓺之荏菽[23],荏菽旆旆[24]。禾役穟穟[25],麻麦幪幪[26],瓜瓞唪唪[27]。

注解

[20]匍匐:伏地爬行。 [21]克岐克嶷:岐,知意。嶷,认识。
[22]就:求。 [23]蓺之荏菽:蓺(yì),种植。荏(rěn)菽,大豆。
[24]旆旆(pèi):茂盛。 [25]禾役穟穟:禾役,禾穗。这里役是"颖"的假借字。穟穟(suì),丰硕下垂的样子。 [26]幪幪(měng):茂盛。
[27]瓜瓞唪唪:瓞(dié),小瓜。唪唪(běng),果实多。

【原文】

诞后稷之穑,有相之道[28]。茀[29]厥丰草,种之黄茂[30]。实方实苞[31],实种实褎[32],实发实秀[33],实坚实好,实颖实栗[34],即有邰[35]家室。

注解

[28]有相之道:相,助。道,方法。 [29]茀:拔除。 [30]黄茂:优良的谷种。 [31]实方实苞:方,谷种开始露白。苞,谷种吐芽。
[32]实种实褎:种,生出短苗。褎(yòu),禾苗逐渐长高。 [33]实发实秀:发,禾茎舒发。秀,禾刚刚长穗。 [34]实颖实栗:颖,禾穗末梢下垂。栗,即"栗栗",收获众多。 [35]邰(tái):地名,相传后稷始封于邰。

【原文】

诞降㊱嘉种：维秬维秠㊲，维穈维芑㊳。恒㊴之秬秠，是获是亩㊵，恒之穈芑，是任㊶是负，以归肇㊷祀。

注解

㊱降：赐予。　㊲维秬维秠：维，是。秬(jù)，黑黍。秠(pī)，一个黍壳中含有两粒黍米。　㊳维穈维芑：穈(mén)，一种谷子，初生时叶纯赤，生三四片叶后，赤青相间，生七八片叶后颜色变纯青色。芑(qǐ)，一种白苗的高粱。　㊴恒(gèng)："亘"的假借字，遍。　㊵是获是亩：获，收割。亩，堆在田中。　㊶任：肩挑。　㊷肇：始。

【原文】

诞我祀如何？或舂或揄㊸，或簸或蹂㊹。释之叟叟㊺，烝之浮浮㊻。载谋载惟㊼，取萧祭脂㊽。取羝以軷㊾，载燔载烈㊿，以兴嗣岁(51)。

卬盛于豆(52)，于豆于登(53)，其香始升。上帝居歆(54)，胡臭亶时(55)。后稷肇祀，庶无罪悔，以迄于今。

——《大雅》

注解

㊽揄(yóu)："舀"的假借字,舀出。　㊹蹂(róu):通"揉",揉搓。　㊺释之叟叟:释,淘米。叟叟(sōu),淘米的声音。　㊻烝之浮浮:烝,同"蒸"。浮浮,热气向上升的样子。　㊼载谋载惟:谋,计划。惟,考虑。　㊽取萧祭脂:萧,香蒿。祭脂,即牛肠脂。祭祀用香蒿和牛肠脂合烧,取其中的香气。　㊾取羝以軷:羝(dī),公羊。軷(bá),祭道路之神。　㊿载燔载烈:燔(fán),将肉放在火里烧灼。烈,将肉串起来烧烤。　㉛嗣岁:来年。　㉜卬盛于豆:卬(áng),我。豆,古代祭祀或宴会上用来盛放肉类的器具。　㉝登:盛汤用的瓦制的碗。　㉞上帝居歆:居,安。歆,享用。　㉟胡臭亶时:胡,大。臭,香气。亶,确实。时,善,好。

【今译】

生下周人的始祖,是后稷之母姜嫄。她怎么样生下周人的?祷告神灵祭祀天帝,驱除无子的不祥命运。她踩了上帝大脚印,心中一动感到有了身孕。神灵保佑降福祉,十月怀胎时行为端正,生下孩子抚养大,就是周始祖后稷。

怀胎十月孕期满,头胎分娩很顺利。包衣没破也不裂,没有灾难和祸殃,已经显示出灵异不寻常。上帝莫非心中不安,姜嫄感到不安慌忙祭祀天神,居然生下了一个男孩。

把他弃置在小巷,牛羊来把他喂养。把他弃置在树林里,樵夫砍柴的时候救下他。把他弃置在寒冰上,大鸟展翅温暖他。后

第八单元　民之初生

来大鸟飞走了，后稷才开始哭起来。哭声不停嗓门大，声音传遍大路上。

后稷刚会地上爬，聪明伶俐又乖巧，能够找到食物。稍稍长大就会种大豆，大豆一片片长得好。种出谷子谷穗向下垂，麻麦长得多旺盛，瓜儿果实累累。

后稷耕田又种地，有生产的好门道。茂密杂草全除去，挑选良种来播种。种子逐渐露白长嫩芽，禾苗逐渐长高，拔节抽穗又结实，谷粒饱满质量高，禾穗沉沉产量高，封到邰地乐陶陶。

上天赐福给良种：秬子秠子都有，穈子高粱植株粗。遍地都是秬子和秠子，收割完后堆在田中，遍地穈子和高粱，跳着背着忙运输，归来先把神灵祭。

怎么样祭祀先祖呢？有的舂米也有的舀粮，有簸粮也有筛糠。淘米发出沙沙声，蒸饭喷香热气扬。筹备祭祀来谋划，香蒿牛脂焚烧发出芬芳。祭祀路神用公羊，烧肉烤肉供神享，祈求来年更丰穰。

祭品装在碗盘中，木碗瓦盆都用上，厅堂中充满了香气。上帝因此来受享，饭菜滋味实在香。后稷始创祭天礼，几乎从来无罪祸，从古到今都这样。

【释义】

《生民》是周人歌颂始祖后稷的诗，是《大雅》中周人五首史诗中最出色的一首。周人以农业见长，周始祖后稷被尊为农神。他的出生传说充满神异色彩，在这首诗中写得淋漓尽致。诗中写农业生产、祭祀活动也十分生动，引人入胜。第一章写姜嫄履迹感孕的神异。第二章写后稷诞生。第三章写后稷被抛弃，历种种磨难而不死。第四章写后稷天赋农艺才能。第五、六章写后稷在农业生产上的大贡献。第七、八章写祭祀活动。有条有理，井然有序。

有的研究者认为，此诗可能是周代史官根据神话传说加工写成。今天我们读《生民》，即使读的是"今译"，很多地方也难以理解。《史记·周本纪》开头即以此诗为素材，凝练清晰，叙述了周族始祖后稷诞生的经历以及他在农业生产中的智慧和巨大贡献，读一读有助于更好地欣赏本诗。

玄　鸟

【原文】

天命玄鸟①，降而生商，宅殷土芒芒②。古帝③命武汤，正域彼四方④。

方命厥后⑤，奄有九有⑥。商之先后⑦，受命不殆⑧，在武丁孙子。武丁孙子，武王靡不胜⑨。

龙旂十乘，大糦⑩是承。邦畿⑪千里，维民所止⑫，肇⑬域彼四海。

四海来假⑭，来假祁祁⑮，景⑯员维河。殷受命咸⑰宜，百禄是何⑱。

——《商颂》

注解

①玄鸟：燕子。　②宅殷土芒芒：宅，居住。芒芒，同"茫茫"，广阔远大的样子。　③古帝：昔时上帝。　④正域彼四方：正，通"征"，治理。域，疆域。　⑤方命厥后：方，傍，普遍。厥后，当时四方诸侯。　⑥九有：九州。　⑦先后：先祖和后君。　⑧殆：怠，怠惰。　⑨靡不胜：无有不胜。　⑩糦(chì)：黍米，稷米。　⑪畿(jī)：古代王都所在的疆域。　⑫止：止息，住下。　⑬肇：开辟。　⑭假：到来。　⑮祁祁：众多的样子。　⑯景：景山。　⑰咸：都。　⑱何：同"荷"，担负。

【今译】

上天命令那玄鸟降卵，简狄吞卵生商王，居住殷土广又大。古时上帝命成汤，征服天下治四方。

四方诸侯都听从，拥有九州来称王。商的先祖和后王，承受天命不息荒，直到王孙武丁都这样。武王孙子多贤良，武丁能把国事来担当。

大车十辆龙旗飘，载着黍稷进贡忙。国家疆土上千里，人民安居好安康，开拓疆土达四海。

四海诸侯来朝商，所到之人真是多，四面皆河幅员广。殷受天命最适当，百种福禄都承当。

【释义】

这是殷商后代歌颂殷高宗武丁，缅怀昔日盛世的诗。天命玄鸟降卵，简狄吞服而生契，是神话传说。成汤开国，盘庚迁殷，武丁用傅说(yuè)，国家大治，又是真实历史。这首诗将神话传说和真实历史糅杂在一起，真幻相间，奇秀典雅，意味隽永。

古时研究有所谓图腾的说法，原始社会部族以自然物为神圣而崇拜，并作为族的象征。如此说来，商族则是以鸟为图腾。我国东方各族往往以鸟为图腾，相传清始祖布库里雍顺的母亲佛库伦，就是吞了鸟衔给她的朱果而生了他。这些有趣的传说既为历史蒙上一层神秘瑰丽的色彩，又为试图了解当时社会风俗、文化风貌的后人提供了线索。

天命玄鸟,降而生商,宅殷土芒芒。
古帝命武汤,正域彼四方。

尾声：赋诗言志

《诗经》在春秋时代是有实用性的，孔子也把它作为教材教学生，他说："不学诗，无以言。"这充分说明学诗的重要性。在社交中，人们也常常赋诗表达情意，交流感情。在外交中，外交官员讲究辞令，表示自己有教养，也常常以诗作为"装饰品"。外国宾客来访，在接待场合，主人往往赋诗一首或以诗中一章作欢迎辞；外宾也赋诗一首或一章作答辞。双方的意见、要求、情谊借诗"断章取义"地、委委婉婉地表达出来。下面举一个晋国与郑国的外交活动中赋诗言志的场景。

公元前526年三月，晋国大臣韩宣子(韩起)到郑国去访问。当时的形势是晋国与楚国争霸。晋国在北，楚国在南，郑国夹在中间左右为难，但郑国还是亲晋以对付楚国。而今晋国大臣来访，郑国岂能怠慢？当时郑国执掌大权的是著名的大政治家子产。

韩起原来有一副玉环,其中一只在郑国的富商手中,他想把它弄回去。子产说这不是我们郑国府库里的东西,不能这样做。子产不亢不卑地顶了回去,韩起也只得罢休。

夏四月,韩起离郑。郑国六位大臣在郊外为他饯行。韩起说:"请各位大臣赋诗一首,我可以了解贵国的意图。"

子产赋诗《羔裘》:

羔裘如濡,
洵直且侯。
彼其之子,
舍命不渝。

羔裘豹饰,
孔武有力。
彼其之子,
邦之司直。

羔裘晏兮,
三英粲兮。
彼其之子,
邦之彦兮。

这是一首对刚直不阿、文武兼备的人的赞美诗。韩起听了说:"我实在不敢当。"

郑国大臣子太叔赋《褰裳》:

子惠思我,
褰裳涉溱。
子不我思,
岂无他人?
狂童之狂也且!

子惠思我,
褰裳涉洧。
子不我思,
岂无他士?
狂童之狂也且!

诗中含义:你不跟我好,难道没有别人跟我好?韩起一听就明白,赶忙说:"有我韩起在,难道敢让你去侍奉他人么?"

子太叔赶忙拜谢。

接着韩起又发狠话:"若有(去找别人)这回事,我们恐怕不能善始善终友好下去吧!"

另外四位大臣先后赋了《野有蔓草》、《风雨》、《有女同车》、

《萚兮》。

最后韩起很高兴地说:"看来郑国快要兴盛了。贵国几位大臣用国君的名义接待我韩起。你们所赋的诗都不出郑国,而且都表示友好。你们几位大臣是可以连续在贵国当政的人物,这样下去,我可以不再对我们两国关系担惊受怕了。"今天我们仍然可以在《诗经·郑风》中读到郑国大臣所赋的这些诗。

接着韩起"答赋",赋了《我将》。这首诗在《诗经》的《周颂》中:

我将我享,

维羊维牛,

维天其右之!

仪式刑文王之典,

日靖四方。

伊嘏文王,

既右飨之。

我其夙夜,

畏天之威,

于时保之。

这是一首祭祀上天和周文王的诗,大意是:我要效法文王,以他作典范,勤勤恳恳谋划安定四方。勤劳国政,敬畏上天,

保卫国家，长享太平。好大的口气，不失霸国大臣身份，他暗示晋国一定能安定四方。郑国大臣也能心领神会，因为郑国也在这"四方"范围之内啊。

春秋时代外交活动中赋诗言志的事例很多，也有对诗生疏而当场出丑的事。这里就不一一列举了。

图书在版编目(CIP)数据

兴于诗:《诗经》选读/黄音编选. —上海:复旦大学出版社,2012.8
(中华根文化·中学生读本/黄荣华主编)
ISBN 978-7-309-08757-4

Ⅰ.兴… Ⅱ.黄… Ⅲ.①古体诗-中国-春秋时代②《诗经》-青年读物
③《诗经》-少年读物　Ⅳ.I222.2

中国版本图书馆 CIP 数据核字(2012)第 032264 号

兴于诗:《诗经》选读
黄　音　编选
责任编辑/关春巧
复旦大学出版社有限公司出版发行
上海市国权路 579 号　邮编:200433
网址:fupnet@fudanpress.com　http://www.fudanpress.com
门市零售:86-21-65642857　团体订购:86-21-65118853
外埠邮购:86-21-65109143
上海浦东北联印刷厂

开本 890×1240　1/32　印张 7.25　字数 141 千
2012 年 8 月第 1 版第 1 次印刷

ISBN 978-7-309-08757-4/I·669
定价:18.00 元

如有印装质量问题,请向复旦大学出版社有限公司发行部调换。
版权所有　　侵权必究